D0721090

MENAUD, M~~AÎTRE DRAVEUR~~

FÉLIX-ANTOINE SAVARD

Menaud, maître-draveur

Présentation d'Aurélien Boivin

BIBLIO·**FIDES**

Photo de la couverture : © La Société historique du Saguenay
et Bibliothèque et Archives nationales du Québec, Centre du Saguenay-
Lac-Saint-Jean (P666,S12,D6,P56).
Conception de la couverture : Gianni Caccia
Mise en pages : Marie-Josée Robidoux

*Catalogage avant publication de Bibliothèque et Archives nationales du
Québec et Bibliothèque et Archives Canada*

Savard, Félix-Antoine, 1896-1982

Menaud, maître-draveur

Éd. originale: Québec: Librairie Garneau, 1937?

ISBN 978-2-7621-3139-0 [édition imprimée]
ISBN 978-2-7621-3344-8 [édition numérique PDF]
ISBN 978-2-7621-3345-5 [édition numérique ePub]

I. Titre.

PS8537.A92M4 2012b   C843'.52   C2012-940032-7
PS9537.A92M4 2012b

Dépôt légal : 1er trimestre 2012
Bibliothèque et Archives nationales du Québec
© Groupe Fides inc., 2012

La maison d'édition reconnaît l'aide financière du Gouvernement du
Canada par l'entremise du Fonds du livre du Canada pour ses activités
d'édition. La maison d'édition remercie de leur soutien financier le
Conseil des Arts du Canada et la Société de développement des entreprises
culturelles du Québec (SODEC). La maison d'édition bénéficie du
Programme de crédit d'impôt pour l'édition de livres du Gouvernement
du Québec, géré par la SODEC.

IMPRIMÉ AU CANADA EN AVRIL 2014 (1re réimpression)

Présentation

Menaud, maître-draveur a été publié en 1937, soit exactement cent ans après *L'Influence d'un livre* de Philippe Aubert de Gaspé fils, considéré comme le premier roman canadien-français. Il est devenu un classique de la littérature québécoise et demeure, avec *Maria Chapdelaine, Le Survenant, Bonheur d'occasion* et *Prochain Épisode,* l'une des œuvres les plus lues et les plus étudiées. Premier livre de Savard, *Menaud, maître-draveur* raconte, en trois parties, la lutte d'un homme pour la délivrance et la survie de son peuple exploité, asservi par des étrangers — entendons des Anglais — qui, par le pouvoir de l'argent, se sont emparés d'une bonne partie du territoire que les ancêtres ont conquis à la sueur de leur front. Chaque partie se termine par un drame : la première, qui sert aussi d'introduction (ch. I-IV), prend fin par la mort de Joson, le fils unique de Menaud, emporté par une embâcle, dans les tourbillons meurtriers de la rivière Noire, après que le maître-draveur eut accepté, malgré l'humiliation qu'il ressent, de plier à nouveau l'échine et de travailler pour le compte des envahisseurs, « dans son propre pays, lui, seigneur et maître des longs trains de bois que, durant des années, il avait conduits sous le pique du fer, dans les cris et les tumultes de l'eau révoltée ». Dans la deuxième partie, qui correspond à l'exposition du drame (ch. V-VII), Menaud, rongé par la douleur, entre en lui-même, se laisse pénétrer par la révolte et tente de soulever les habitants du rang de Mainsal et de son patelin contre la présence envahissante et menaçante des étrangers. Il ne gagne à sa cause que le Lucon qui, à la suite de l'incendie d'un important pan de forêt, affronte le Délié, un traître, un vendu, dans un combat singulier dont le terme est loin d'être à son avantage. Dans la troisième partie, sorte de longue conclusion (ch. VIII-X), le maître-draveur, bien appuyé par son allié, le Lucon, son fils spirituel depuis la mort de Joson, se rend dans la Montagne pour défier le traître. L'affrontement n'aura pas lieu, et Menaud, que le Lucon a sauvé d'une mort certaine, après avoir été enseveli sous une épaisse couche de neige, sombre dans la folie.

La révolte de Menaud n'aura pas été inutile toutefois. Le Lucon a bien saisi sa mission, tout comme Marie, qui a évolué sensiblement d'un chapitre à l'autre, au point de demander à celui qui est devenu son amoureux de poursuivre la lutte de son père et de « penser à tout le pays ».

L'écho de *Maria Chapdelaine*

Le vieux Menaud est le digne successeur de Samuel Chapdelaine et, surtout, de François Paradis, deux héros du roman de Hémon, que l'on peut associer aux aventuriers, aux nomades, qui ont refusé de s'attacher à un point fixe comme les sédentaires, comme Eutrope Gagnon ou comme l'aurait tant souhaité Laura Chapdelaine. L'éternel dilemme décrit par Louis Hémon trouve son écho dans le roman de Savard, qui distingue lui aussi deux groupes : les paysans et les coureurs de bois. Le premier est associé à l'enracinement, à la survivance de la race car, pour posséder un pays, un territoire, il faut d'abord l'occuper. Le second groupe est associé à la thématique de la liberté : les vastes espaces à conquérir que se plaît à évoquer Menaud sont directement reliés à la recherche de la liberté et de l'indépendance.

Même si aucune annotation ne permet de dater le roman, on peut aisément déduire que l'intrigue se déroule au lendemain de la Crise économique qui sévit au Québec et dans le monde occidental, en 1929. Savard a tiré profit de son expérience de missionnaire-colonisateur dans la région de l'Abitibi, ouverte à la colonisation au début des années 1930, qu'il a transposée dans la région de Charlevoix. Comme d'autres intellectuels et représentants de l'élite traditionnelle de sa génération, le romancier a été effrayé par les progrès rapides de l'industrialisation et de l'urbanisation qui menacent, du moins le croit-on alors, la stabilité et l'équilibre des Canadiens français, jusque-là fidèles au passé et à la tradition. Avec son *Menaud, maître-draveur,* Savard a voulu défendre le salut de la race canadienne-française par la prise de possession du territoire et de la terre.

L'intrigue du roman suit un déroulement presque linéaire. Comme *Maria Chapdelaine, Menaud, maître-draveur* se déroule selon le rythme des saisons, d'un printemps à l'autre, depuis la décision du maître-draveur de louer, encore une fois, ses bras et son expérience aux riches envahisseurs, jusqu'à celle du Délié de quitter la Montagne pour revenir à Mainsal. Au printemps tragique qui aurait pu, comme dans le roman de Hémon, être associé, du moins pour Maria, à un renouveau, la naissance de son amour pour François Paradis, succède pour Menaud un été troublé, que l'on voit à peine, tant sa douleur est immense, en raison de la perte de son unique fils. C'est au cours de cet été, marqué par un incendie, que s'intensifie la rivalité entre Menaud et le Délié, puis la rivalité amoureuse entre le Lucon, fils spirituel du maître-draveur, et le Délié, à qui Marie s'est promise, sans oser en parler à son père. Le combat qui oppose les deux rivaux au cœur de Marie n'est pas sans rappeler celui qui se joue dans le cœur de Maria Chapdelaine qui, après la mort de François Paradis perdu dans la tempête, doit choisir entre deux prétendants, Eutrope Gagnon, qui symbolise la stabilité et la permanence, et Lorenzo Surprenant, qui a déserté son patelin pour vivre aux États-Unis et qui est perçu comme un traître. Le Lucon est toutefois beaucoup plus près de l'aventurier et coureur de bois François Paradis que de l'agriculteur Eutrope.

Menaud se prépare à la lutte qui aura lieu l'hiver, dans la Montagne, pour bien marquer que le vieil homme, tel un ardent nationaliste, entend défendre tout le territoire, pas uniquement sa petite terre du rang de Mainsal. C'est d'ailleurs ainsi qu'il faut comprendre le refus du Lucon d'accepter la proposition de Marie de « vivre icitte tranquille... », c'est-à-dire sur la terre défrichée car, dans l'esprit du jeune émule de Menaud, « ce que Marie lui avait proposé, c'était la petite vie étroite, resserrée, pareille à la vie des ours en hiver ». Le Lucon, comme son maître, ne veut pas « passer son règne replié sur soi-même, et se laisser dépouiller sans se défendre ». À ses yeux, « [n]e défendre que son petit bien propre en deçà de ses clôtures, fermer l'œil sur tous les empiétements de l'étranger, c'était trahir, se condamner à n'être bientôt qu'un peuple d'esclaves ». Voilà pourquoi il décide d'accompagner, l'hiver venu, le vieux Menaud dans la

Montagne et de l'appuyer dans sa lutte pour défendre le territoire menacé. La liberté est à ce prix

Le roman se termine au printemps suivant, comme le roman de Hémon, avec la folie de Menaud, obsédé par la troisième voix de Maria, et, encore comme le roman de Hémon, sur une note d'espérance, avec la promesse de bonheur pour le Lucon et Marie, qui demande à son homme de poursuivre la lutte et de « penser à tout le pays ». La mort de la mère Chapdelaine n'est pas étrangère à la décision de Maria de demeurer au milieu des siens. Ainsi en est-il de la folie de Menaud qui permet à Marie de prendre conscience de la valeur du Lucon et de son importance « pour la suite du monde ».

Dans son roman, Savard évoque la conquête du Royaume du Saguenay que les pionniers ont arraché à la forêt en dépit des interdictions des dirigeants des compagnies forestières faites aux bûcherons de se consacrer à la culture du sol. Il évoque aussi la lutte épique de certains agriculteurs pour défendre leurs biens à la suite des actions unilatérales des dirigeants de compagnies de hausser le niveau de certains cours d'eau pour augmenter leurs profits. C'est ainsi qu'il faut comprendre le court passage où le romancier, qui condamne l'injustice, prend la défense des habitants de Saint-Cyriac, forcés de déménager, quand l'Alcan, une multinationale de l'aluminium, décide d'augmenter le potentiel hydroélectrique de ses barrages en haussant le niveau du lac Kénogami, en 1928.

L'espace

Félix-Antoine Savard a fourni des explications, dans la version de 1944, sur les lieux géographiques où il a décidé de faire vivre ses personnages. Ces lieux existent vraiment. Ils sont, pour la plupart, circonscrits dans une vaste et riche région forestière qui s'étend au nord-ouest de La Malbaie, depuis la paroisse de Sainte-Agnès jusqu'au-delà de la ligne du Serpent, qui limite au nord, du côté de la Réserve faunique des Laurentides, le comté de Charlevoix. Quelques-uns sont situés au nord de Clermont, dans la même région, une région que l'auteur connaît pour y avoir exercé son ministère ecclésiastique à titre de pasteur. Située à une centaine de kilomètres de Québec, sur la rive nord du fleuve Saint-Laurent, la région de Charlevoix est l'une des plus belles du Québec, fort recherchée tant par les touristes que par les artistes en raison de la beauté de ses paysages où de vieilles montagnes élimées par les glaciers et recouvertes de forêts côtoient les effluves de la mer. C'est de Charlevoix, devenu depuis la publication du roman de Savard le «pays de Menaud», que sont partis les pionniers à la découverte du Royaume du Saguenay, en 1837, avec à leur tête Alexis Tremblay, dit Picoté, sans doute un ancêtre de cet autre Alexis Tremblay, dit le Lucon celui-là, du roman de Savard, pour bien le distinguer des autres du même nom, selon la coutume établie dans Charlevoix, berceau des Tremblay en Amérique.

Région agricole d'abord, Charlevoix a été très tôt convoitée, comme le Saguenay, par les industriels en raison de sa grande richesse forestière. Une usine de pâte est d'ailleurs toujours en opération à Clermont.

Contrairement aux autres héros du roman de la terre, Menaud n'aime pas la vie d'agriculteur, pas plus, d'ailleurs, que le Lucon, qui préfère suivre son maître, dans sa folle équipée dans la Montagne, pour y affronter le Délié, le vendu, le traître, qui s'est rangé dans le clan des envahisseurs, que Menaud abhorre. Il habite plus souvent la Montagne que sa maison. De plus, contrairement à Josime, on ne le voit pas travailler à sa terre. Pendant que son ami engrange ses récoltes, lui, «lace les nerfs de ses raquettes» et se prépare à sa longue expédition qui devrait garantir l'avenir de son pays, puisqu'il a décidé d'aller affronter le Délié et de le chasser du territoire qui lui appartient parce qu'il en a hérité de ses devanciers et qu'il s'est juré de le défendre parcelle par parcelle.

Deux espaces se répondent donc dans *Menaud, maître-draveur*: la terre (ou les champs) et le bois (ou la Montagne); deux espaces: l'un civilisé et l'autre sauvage; deux modes de vie: les paysans comme Josime et les coureurs de bois comme Menaud qui, de préciser le narrateur, «s'étaient appliqués, d'esprit et de cœur, les premiers, aux sillons, les autres, à la montagne, à tout le libre domaine des eaux et des bois». Deux domaines inséparables donc, puisque le bois a nécessairement besoin de l'eau pour rejoindre la civilisation. Les premiers ont «appris de la terre la sagesse lente et calme, la volonté tenace de parvenir, la patience des lentes générations, la joie des explosions généreuses de vie». Les seconds, les coureurs de bois ou les aventuriers, ont «conquis sur la forêt elle-même leur hardiesse au milieu des périls, leur endurance à la misère, leur ingéniosité dans tous les besoins».

Les thèmes de *Menaud, maître-draveur*

La liberté, mieux *la recherche de la liberté,* est sans aucun doute le thème dominant dans *Menaud, maître-draveur.* Elle est symbolisée, cette liberté, par la Montagne qui, elle, est l'image de tout le pays. C'est de cette montagne «aux cent demeures, aux innombrables chemins tous balisés des grands souvenirs du passé [...] qu'un jour la liberté descendrait comme un torrent et délivrerait le pays de tous les empiéteurs». Et des traîtres comme le Délié, prêt à s'associer au vainqueur pour une poignée de dollars. Au risque d'être chassés eux-mêmes à leur tour, à tout le moins d'être relégués au rang de vils serviteurs, d'esclaves, pour reprendre le vocabulaire du vieux Menaud, qui s'en veut d'avoir pactisé avec les envahisseurs, ceux-là mêmes qu'il entend chasser de son propre pays, que les ancêtres lui ont transmis et qu'il se doit, par la lignée du sang et par le respect qu'il doit à ses morts, de transmettre à la jeune génération pour assurer l'avenir.

La possession du territoire, autre thème majeur du roman, est liée à la recherche de la liberté. L'homme ne peut être libre sur un territoire qui ne lui appartient pas. Cela, Menaud l'a bien compris, qui veut garder intact pour les gens de sa «race qui ne sait pas mourir», a dit le livre, tout le territoire hérité des ancêtres. Car «tout cela, c'est à nous autres, c'est l'héritage», car «tout cela vient de nos pères, les Français!» C'est pourquoi il est profondément affligé par la perte de son fils Joson qui devait poursuivre son œuvre, en raison des liens du sang, et assurer, lui la chair de sa chair, la survivance de la race. «Regarde comme c'est beau! Garde ça pour toi et pour ceux qui viendront», lui avait-il confié. Ne pouvant plus compter sur ce fils, emporté par une embâcle qui s'est formée sur la rivière Noire, il gagne à sa cause le Lucon, qu'il considère désormais comme son fils spirituel, et l'investit d'une mission: «Être jaloux du sol entier, vibrer tous et chacun à pleins bords de pays, défendre le patrimoine de la première à la dernière motte, telle est la loi reçue, telle, la loi à transmettre.»

La survivance, la fidélité, la liberté aussi sont à ce prix.

La nature est omniprésente dans le roman de Savard et elle se fait belle, aux quatre saisons, comme pour se faire regretter davantage si jamais le pays venait à passer aux mains des usurpateurs. Savard, en véritable poète, sait vibrer aux beautés de la nature et faire s'émouvoir ses personnages au contact de cette grandiose nature, «aux belles images sans cesse renouvelées». Menaud est émerveillé par la splendeur de la nature qui l'attache encore davantage au pays de ses pères, au domaine de ses morts. Il est particulièrement sensible au spectacle de la nature qui s'éveille, qui renaît au printemps, et par la féerie des couleurs à l'automne, «cycle remué de pourpre et d'or», «bariolé de sang, d'or et de fer».

L'amour, comme la nature, est omniprésent : amour de Menaud pour son pays, pour la terre et la forêt ; amour de Menaud pour son fils et pour sa fille qu'il veut à son image et à l'image de ceux de sa race ; amour de Marie pour le Délié ; puis, après s'être rendu compte de sa traîtrise, amour de Marie pour le Lucon qui le lui rend bien ; amour pour les bêtes...

Il y a un triangle amoureux dans *Menaud, maître-draveur*. Marie aime d'abord le Délié, à qui elle s'est promise pour après les récoltes, comme c'est la coutume dans le monde rural, car la période qui suit les récoltes est une période de repos bien mérité, propice aux réjouissances de toutes sortes. Mais le Délié révèle sa félonie et Marie le rejette donc, après les conseils de son père qui l'ont fait réfléchir et, surtout, après que le vieux Menaud l'eut chassé de sa maison. Elle ouvre alors son cœur au Lucon, qu'elle apprend à aimer et qui lui apparaît comme une sorte de rédempteur lorsque son père sombre dans la folie. C'est par lui, elle l'a désormais bien compris, que viendra la survivance de la race. C'est lui qui poursuivra la lutte amorcée par son père pour la sauvegarde intégrale du territoire.

La révolte est associée, dans *Menaud,* à la recherche de la liberté. Le vieux Menaud ne parvient pas à gagner à sa cause les autres paysans du rang de Mainsal et de son patelin qui refusent de voir le danger, la réalité en face, et qui sont déjà prêts à démissionner ou à se résigner plutôt que de supporter la lutte de Menaud. Le héros se révolte alors contre l'avachissement des siens, « des hommes de rien… du bois d'esclave! criait-il, du bois d'esclave! » Et à mesure qu'il devient conscient de l'inconscience de ses semblables, il est transformé, si transformé que même Marie, sa fille, ne reconnaît plus ce « grand homme noir », qui « rôdait d'une pièce à l'autre, comme une âme en peine » et qui cédait à « des éruptions de violence, [à] des mots de feu pour flétrir le clan des lâches ». Pour rester fidèle au passé, à la voix des morts, comme Maria Chapdelaine a été fidèle aux voix, pour ne pas se laisser dépouiller de l'héritage, Menaud réclame vengeance car « il avait assez souffert sous le joug, assez entendu de reproches de son sang ». Et ce désir de vengeance le conduit directement à la folie. C'est, en somme, sa punition, pour avoir été aveugle au point d'oublier le premier commandement de son Créateur : aimer son prochain, fût-il un Anglais.

L'opposition entre la ville et la campagne est aussi un thème important dans le roman, bien que plus discret. Voilà un thème qui, bien avant les années 1930, préoccupe beaucoup un groupe d'intellectuels et des élites qui dénigrent la ville, perçue comme un lieu de perdition, comparativement à la campagne, présentée comme un véritable paradis, où l'homme, en étant plus près de la nature, se rapproche de son Créateur. Selon l'idéologie officielle de l'époque, les campagnards sont aussi plus libres que les citadins, moins pauvres, de constitution plus forte et de santé moins fragile. Il y aurait un rapprochement à faire entre la vision idéaliste de Savard et celle des romanciers de la terre (ou de la fidélité), tel Damase Potvin, par exemple, qui présente la ville dans son œuvre, en particulier dans *Restons chez nous!* (1908), *L'Appel de la terre* (1919), *Le Français* (1925) et *La Rivière-à-Mars* (1934), comme un lieu de perdition, à la fois physique et morale, comme un véritable enfer.

Menaud, maître-draveur est donc un roman de la survivance, un roman de la sauvegarde du territoire que les aïeux ont conquis non sans difficulté. Il s'inscrit dans la longue tradition des romans de la terre qui ont marqué l'histoire littéraire du Québec depuis le milieu du XIXe siècle jusqu'à la fin de la Deuxième Guerre mondiale. Il s'en distingue cependant par son originalité, par son lyrisme et par sa grande poésie inspirée des auteurs classiques, grecs et latins. Menaud n'est pas, contrairement à d'autres héros avant lui, enraciné dans sa terre du rang de Mainsal, lui, le fier coureur de bois toujours prêt « à s'évader du regard vers le bleu des monts dès que vent du Nord venait lui verser au cœur les paroles magiques et les philtres embaumés ».

Origine et évolution de l'œuvre

L'abbé Félix-Antoine Savard s'est souvent expliqué sur les origines de *Menaud, maître-draveur*, « une blessure de jeunesse », note-t-il dans son *Carnet du soir intérieur*, où il parle de lui comme d'« un jeune écrivain [qui] a reçu, outre la chance de partager les injustices dont son peuple est victime, la grâce de rester fidèle aux fortes leçons du passé ». Il avait confié à sœur Thérèse-du-Carmel, l'auteure de *Bio-bibliographie de l'œuvre de Félix-Antoine Savard* (Fides, 1967) : « L'idée de Menaud, que je portais obscurément depuis mon enfance dans le Saguenay, jaillit au contact d'un draveur authentique, Joseph Boies, que j'avais rencontré au cours d'une mission sur les bords de la rivière Malbaie, précisément à l'endroit qu'on appelle encore le Vieux Pont. J'avais écouté durant plusieurs veillées le récit de ses « passages », comme il disait, et l'expression de ses doléances patriotiques. Or de retour chez moi, à Clermont, un soir, sans penser que j'en pourrais faire un livre, les paroles de mon vieux Maître-draveur me revinrent au cœur. Et je commençai de les écrire avec une sorte de violente passion. »

Son journal, en grande partie inédit, à l'exception des années 1961-1964, nous éclaire aussi sur les origines de Menaud. Le 23 juillet 1960, Savard confie à son journal, ainsi que nous le révèle Pierre Hébert, dans son étude publiée dans la *Revue d'histoire littéraire du Québec et du Canada français* (n° 13, 1987, p. 21) : « Menaud. Ses origines profondes à Chicoutimi. Les Price. Sentiment d'une frustration. » Le 10 mars 1962, il écrit encore : « Je me rappelle fort bien les premières circonstances de Menaud. Je revenais de la drave. J'étais alors curé de Clermont. Et tout à coup, vers les dix heures du soir, dans mon lit, j'eus l'idée de mon livre — ou de la substance de mon livre. Et j'eus soin de prendre quelques notes. » *(Journal et Souvenirs,* t. I : 1961-1962, Fides, 1973, p. 147-148)

Menaud, maître-draveur a connu cinq versions différentes, dont au moins trois ont irrité l'auteur.

D'abord, il y a l'édition originale, parue à Québec chez Garneau en 1937, qui contient de nombreuses coquilles — c'est un irritant —, et dans laquelle les canadianismes qu'il utilise, souvent de façon poétique, apparaissent en italique, ce qui leur donne une allure de proscrits, reproche Valdombre, de son vrai nom Claude-Henri Grignon, dans les *Cahiers de Valdombre*, en août 1937.

L'édition de 1938, parue chez le même éditeur, corrige les fautes et fait disparaître les italiques qui sont remplacés par un lexique placé en fin de volume, basé sur le *Glossaire du parler français au Canada* des compilateurs Adjutor Rivard et Louis-Philippe Geoffrion, publié en 1930.

La version de 1944, faussement dite définitive, inaugure la prestigieuse collection du Nénuphar chez Fides que dirige Luc Lacourcière, ami intime de l'écrivain. Selon Savard lui-même, il s'agit d'une version plus concise, plus sobre, plus dépouillée que l'originale, dans laquelle le romancier a supprimé les images et les évocations lyriques.

La version de 1960, préparée pour une édition scolaire, est dite conforme à la première édition, ce qui est loin d'être exact. Sans doute cette quatrième version est-elle plus près de l'édition originale que celle de 1944. Elle s'en éloigne toutefois de façon marquée. Elle est plutôt l'ébauche de la version de 1964, la version vraiment définitive, parue dans la collection du Nénuphar et préparée avec grand soin car l'auteur était bien conscient de la « laisser à la jeune génération comme un bien précieux », confie-t-il à son journal, le 16 mars 1960. C'est la version de 1964 de la collection du Nénuphar qui est reproduite ici.

Ces diverses transformations du roman ont suscité divers commentaires de la part de la critique et témoignent de la faveur du public pour cette œuvre, vers laquelle on revient toujours comme à une source.

Aurélien Boivin
Département des littératures
Université Laval (Québec)

Menaud, maître-draveur

Chapitre premier

« Nous sommes venus il y a trois cents ans
et nous sommes restés…

    « Autour de nous des étrangers sont venus
qu'il nous plaît d'appeler des barbares ! ils ont
pris presque tout le pouvoir ! ils ont acquis
presque tout l'argent… »

Louis Hémon

Menaud était assis à sa fenêtre et replié sur lui-même.

Et, tandis que, tout autour, comme une couverture
qu'une femme étale sur un lit, s'étendait la grande paix
dorée du soir, il écoutait les paroles miraculeuses :

« Nous sommes venus il y a trois cents ans et nous
sommes restés…

« Nous avions apporté d'outre-mer nos prières et
nos chansons : elles sont toujours les mêmes.

« Nous avions apporté dans nos poitrines le cœur
des hommes de notre pays, vaillant et vif, aussi prompt
à la pitié qu'au rire, le cœur le plus humain de tous les
cœurs humains : il n'a pas changé. Nous avons marqué
un plan du continent nouveau, de Gaspé à Montréal,
de Saint-Jean-d'Iberville à l'Ungava, en disant : Ici
toutes les choses que nous avons apportées avec nous,
notre culte, notre langue, nos vertus et jusqu'à nos
faiblesses deviennent des choses sacrées, intangibles et
qui devront demeurer jusqu'à la fin.

« Autour de nous des étrangers sont venus, qu'il
nous plaît d'appeler des barbares ! ils ont pris presque

tout le pouvoir ; ils ont acquis presque tout l'argent ; mais au pays de Québec... »

Comme si l'ombre s'était soudainement épaissie sur ces mots, la voix de Marie s'était mise à hésiter : « Mais au pays de Québec... »

Elle se pencha sur le livre, et reprit avec une voix forte :

« Mais au pays de Québec, rien n'a changé. »

Soudain, Menaud se dressa sur son siège comme si ce qu'il venait d'entendre eût ouvert là, sous ses pieds, un gouffre d'ombre :

« Rien n'a changé... rien n'a changé ! » grommela-t-il...

Violemment, à coups secs, il secoua sa pipe sur son talon, s'appuya, un instant, au cadre de la fenêtre, regarda du côté des libres montagnes qu'on pouvait encore distinguer au loin, puis, pour chasser les pensées de ténèbres qui l'envahissaient, il plongea dans la braise de son poêle un éclat de cèdre avec lequel il alluma sa lampe.

Et tandis qu'il cherchait à démêler les pensées qui surgissaient du fond de lui-même :

« Continue dans ton livre », dit-il à sa fille.

Elle reprit :

« Rien ne changera, parce que nous sommes un témoignage. De nous-mêmes et de nos destinées, nous n'avons compris clairement que ce devoir-là : persister et nous maintenir... Et nous nous sommes maintenus, peut-être afin que dans plusieurs siècles encore le monde se tourne vers nous et dise :

« Ces gens sont d'une race qui ne sait pas mourir. »

Le regard de Menaud s'était enflammé.

« Assez ! » dit-il à sa fille.

Elle laissa le livre retomber sur ses genoux.

Une race qui ne sait pas mourir!

Voilà maintenant que cette parole flambait dans l'humble maison comme un feu d'abatis dans la clairière du printemps.

Avec ferveur, Menaud répéta : « Une race qui ne sait pas mourir! »

Il se tenait là, fixé sur ces mots d'où jaillissaient une force, une jeunesse, quelque chose de comparable au printemps miraculeux de Mainsal avec ses explosions de vie après le froid, la neige, les six longs mois d'hiver.

Une race qui ne sait pas mourir!

Il se fit un long silence.

Puis, il ouvrit la porte toute grande ; et, dans le soir immobile, il contempla longtemps la campagne endormie, laissant ses regards voler jusqu'aux horizons lointains, et revenir ainsi que des engoulevents au nid de ses pensées.

L'homme était beau à voir. Droit et fort malgré la soixantaine. La vie dure avait décharné à fond son visage, y creusant des rigoles et des rides de misère, et le colorant des mêmes ocres et des mêmes gris que les maisons, les rochers et les terres de Mainsal.

La vie dure! Elle lui avait fait une âme sage, donné le goût des choses calmes, profondes d'où sa pensée sortait peu. On sentait, chez lui, cette force grave, patiente que donnent le travail et la nature austères. Il racontait ses souvenirs sur un ton simple, en long, triste souvent. Mais parfois aussi, sous la surface tranquille, on devinait une passion sauvage pour la liberté ; et, tel un fleuve de printemps, à pleine mesure d'âme, l'amour de son pays.

Veuf depuis quelques années, Menaud vivait seul avec sa fille et son fils.

Sa femme avait tout fait pour enraciner au sol ce fier coureur de bois. Et lui, par amour pour elle, il avait défriché cette âpre terre de Mainsal, toujours prêt, cependant, à s'évader du regard vers le bleu des monts dès que le vent du Nord venait lui verser au cœur les paroles magiques et les philtres embaumés.

Mais depuis la mort de sa femme, par un froid matin de novembre, tous ses instincts de chasseur s'étaient réveillés en lui.

Il avait retrouvé ses ailes, repris ses élans de jeunesse, et avec Joson, son fils, il passait le printemps, l'automne et les premiers mois des longs hivers dans la montagne dont il était roi.

Or, comme on était à la fin d'avril, les cloches du printemps s'étaient mises à sonner là-bas, dans les tours et les clochers de la forêt prodigieuse. La voix de la grande rivière avait commencé de se faire entendre. Elle annonçait le temps de la drave.

Accompagné d'un interprète, un ingénieur de la compagnie était venu la veille chez le vieux maître-draveur, pour demander ses services.

Les pourparlers avaient été longs et durs, entrecoupés de silences hostiles et de protestations violentes contre cet autre étranger qui le commanderait, dans son propre pays, lui, seigneur et maître des longs trains de bois que, durant tant d'années, il avait conduits, sous la pique de fer, dans les cris et les tumultes de l'eau révoltée.

Mais les signes que lui avaient faits Joson et Marie, et, surtout, l'image apparue de la grande rivière, le visage et l'appel de cette route par où s'était écoulée sa vie, tout cela l'avait calmé.

Il avait fini par consentir.

Mais, ce soir-là, veille du départ, tout ce qu'il avait eu la faiblesse de taire lui remontait au cœur. Au feu de cette lampe qui allumait des escarbilles en ses regards, il avait l'air d'un forgeron martelant des pensées de fer.

Après le récurage, il avait demandé à Marie de lui faire un petit bout de lecture, dans l'espoir que les mots des livres l'apaiseraient, peut-être.

Mais voilà que, de cette diable de lecture, étaient sortis des mots en armes, et qu'avec eux toutes les voix du pays, de la montagne, des champs et des bois s'étaient engouffrées chez lui, ébranlant son âme et sa maison comme une bourrasque d'automne.

« Des étrangers sont venus ! ils ont pris presque tout le pouvoir... »

Menaud se rappela la visite de l'Anglais la veille...

« Une race qui ne sait pas mourir... »

Il se promenait de long en large, maintenant, répétait ces mots-là, s'arrêtait brusquement, faisait de grands gestes comme s'il se fût battu contre lui-même, contre sa propre servilité.

Marie, elle, s'était rassise à son métier.

Et l'on n'entendit plus que le frappement du ros qui tassait la tissure entre les fils de la chaîne.

Un rythme la berçait de droite à gauche. De ses deux bras harmonieusement levés l'un après l'autre, elle semblait battre la mesure à quelque mystérieuse musique, cependant qu'à la trame de cette lourde étoffe grise, elle insérait toute la chaleur de son être pour son père, pour Joson, qu'elle protégerait ainsi contre le froid qui glace là-bas le cœur des hommes.

Et c'était sa manière à elle de dire à chaque coup de marchette : « Une race qui ne sait pas mourir ! »

Ce qu'elle faisait là, sa mère et bien d'autres femmes l'avaient fait avant elle, entremêlant aux laines ; de subtils sentiments de force, de résistance, et des prières même.

Et peut-être aussi, dans la navette légère, la belle voyait-elle passer un songe d'amour, parfois...

Vers les huit heures, le chien se mit à grogner.

Quelqu'un secoua ses pieds sur le palier du seuil et cogna. C'était le Délié, le prétendant, depuis les Fêtes.

Marie ouvrit la porte et dit tout simplement : « Entre ! Il y a une chaise icitte pour toi. »

Puis elle se mit à rougir.

Depuis quelque temps, au sortir de l'église surtout, elle avait senti que les yeux du Délié s'arrêtaient sur elle. Aussi sa chair s'en était-elle émue, comme s'émeuvent les arbres du printemps quand le soleil les réchauffe d'amour.

Il prit une chaise ; elle, son travail.

Mais le dialogue silencieux qu'échangeaient son cœur et la pensée de son père, ainsi qu'une laine fragile, s'était rompu.

Menaud, lui, n'avait pas même salué le veilleux.

Belle pièce d'homme, cependant, ce Délié! Planté droit; haut en couleurs, et des yeux noirs tapis comme ceux d'un fauve sous la broussaille ombreuse des sourcils.

Mais Menaud n'aimait point ce gars-là.

Il l'avait surnommé le Carcajou depuis qu'il l'avait surpris à marauder ses collets de chasse et, qu'entre chien et loup, il avait cru le voir rôder furtivement autour de ses granges.

La veillée s'en allait donc ainsi: dehors, au pas clair d'une nuit de printemps, à l'intérieur, au rythme du ros qui claquait de plus en plus dru sur le bâti sonore.

Par moments et pour la contenance, le Délié jetait des bribes de conversation:

— La route de Mainsal est vilaine...

— Elle est toujours comme cela, répondit la fille.

— C'est la deuxième journée de noroît; le vent va calmir demain...

Mais, à chaque intervalle de silence, le regard du Délié se posait avec amour sur le visage et les bras harmonieux de la belle tisserande.

Non, Menaud n'aimait point ce gars-là! De tout son instinct d'homme libre et jaloux du sol. Pour lui, le Délié était un de ces traîtres, un de ces vendus qui livrent, pour de l'argent, la montagne et les chemins à l'étranger.

Cette espèce-là, sans doute, quand on en aurait assez... tout le pays, toute la race la renieraient.

De penser que sa fille, le sang de son sang, pourrait un jour... épouser...

Cela, non! Jamais!

Ah! si, par malheur, le troupeau de ces lâches et de ces vendus venait à menacer... lui, foi de Menaud! il s'en irait quelque part, sur la montagne; et, là, il emboucherait son burgau d'écorce pour un appel à la liberté.

Cette décision prise, il se leva pour sa tasse de thé qu'il prenait d'habitude, vers les neuf heures, lorsque le sommeil commençait à l'appesantir.

Il se mit à boire lentement, les yeux mi-fermés, tandis que Marie faisait tapage de ses marches et de son ros pour remplir les espaces de silence.

Mais, vers les dix heures, il se leva, remonta l'horloge, sortit pour voir les étoiles, considéra la nuit toute en fleurs ainsi qu'un champ de marguerites, rentra fourgonner son feu qui s'aviva soudain comme une talle de harts rouges.

Le Délié comprit que c'était l'heure de partir.

Une dernière fois, longuement, il regarda Marie, lui dit bonsoir et prit la porte.

Aussitôt, Menaud s'en alla dans la grand'chambre obscure, suivit le Délié du regard jusqu'à ce qu'il l'eût vu dévaler la pente, passer derrière les fûts bleuâtres des bouleaux, pour entrer dans les brumes qui sortaient de la mare à Josime comme des oies aux ailes ouvertes toutes grandes.

Quelques minutes plus tard, on entendit dehors une voix qui s'approchait.

Menaud prêta l'oreille et reconnut bientôt le timbre de Joson.

En effet, c'était bien lui qui s'en venait, chantant à pleine gorge, dans le silence de Mainsal.

Il entra.

À la vue de ce beau grand gars, né de sa souche, et fort comme un jeune pin de montagne, Menaud s'était calmé.

Lui déjà vieux et son temps utile épuisé, son fils prendrait la relève et lutterait contre les empiétements de l'étranger.

— Père, dit Joson, l'air est noroît ; le temps est clair. Il va geler cette nuit et les chemins seront durs. On a décidé, les draveurs ensemble, de partir au petit matin. On s'attendra chez les Maltais.

Il se mit ensuite à parler de sa veillée chez les Josime, et de ce qu'on y avait raconté : les histoires toujours les mêmes au fond, les propos où alternaient les vieilles plaintes de la race contre l'hiver, contre les lenteurs du printemps, les amours nouvelles et les mariages qui s'annonçaient pour l'été.

La conversation reprit sur le départ du lendemain.

Selon dire, la drave allait être dure... bien dure...

Enfin, après avoir hésité quelque temps, Joson rapporta les bruits que le Délié faisait courir dans Mainsal : que les étrangers seraient bientôt rois et maîtres des forêts, des rivières, des montagnes du pays ; et qu'il y aurait, partout : *Défense de passer* ; mais que lui, le Délié, il serait le gardien de tout...

Le jeune homme récitait toutes ces prédictions-là tête basse et en serrant les poings.

Menaud, lui, regardait son fils ; et il éprouvait toutes sortes de sentiments, de colère, de révolte, d'amour, lorsque, soudain, les paroles lui revinrent : *...Une race qui ne sait pas mourir.*

Et ce fut alors comme s'il l'eût vue, cette race, non dans les livres, mais vivante, mais dans sa chair dressée là, devant lui ; et cette race, elle devenait comme un grand peuple libre, debout, enfin, dans sa lumière, et fort comme le printemps lorsque le soleil descend sur le pays et donne des coups de pique sur les embâcles de l'hiver.

Cependant, Marie s'était mise en train de préparer leur fourniment de voyage.

Elle ouvrit la grande armoire et, les mains croisées, contempla religieusement les hautes piles du beau linge.

Une odeur de cèdre envahit la pièce.

Le visage de Menaud s'était éteint devant les souvenirs de sa femme, de celle qu'il appelait sa chère défunte.

Il y avait là, en effet, les draps de toile bise dont on avait paré la grand'chambre, le tissu solennel dont on avait recouvert le lit funèbre : ce long couvre-pieds de laine avec ses dessins d'épinettes, ses étoiles, ses croix indigo sur fond de neige... symboles naïfs de la vie austère et des espérances paysannes.

Marie sortit, pieusement, avec des caresses, les couvertures grises aux larges bordures pourpres, puis les lourdes catalognes barrées où, par bandes, sa mère avait étalé la couleur des paysages et des saisons : du bleu de montagne, du jaune de blé mûr et, entre deux, de larges quartiers tout blancs comme les champs de neige de son pays.

Les deux hommes, eux, fumaient, coudes aux genoux, têtes baissées, sans rien dire.

Vers les onze heures :

« Marie, fais-nous la prière ! » dit Menaud.

Elle abaissa le feu de la lampe.

Alors, commença la longue prière où défilait tout le ciel : Dieu, la Vierge, les anges, les grands saints de la protection… lentement… en une procession de lumière et d'amour.

Puis, il se fit un long silence. Et ce fut le tour des morts, l'instant des pensées éternelles, l'heure des désirs où s'attendrit le cœur des hommes ; et, peut-être… Marie regretta-t-elle, ce soir-là, le Délié, sorti trop précipitamment de chez elle pour entrer dans les brumes qui sortaient de la mare à Josime comme des oies aux ailes ouvertes toutes grandes.

Chapitre II

Menaud pencha sa joue sèche vers sa fille et, sac au dos, partit avec Joson dans le chemin des Hauts.

La nuit froide avait glacé toutes les fondrières.

Les champs étaient couverts de givre.

Ils passèrent par chez Josime. Le four était ouvert : on venait de cuire, et cela donnait à l'aube une haleine de bon pain.

Ils gravirent ensuite la côte de la R'source d'où le regard pouvait au loin distinguer les monts blêmes et, tout près, quelques champs frimassés étendus en contre-bas.

Les premiers, à l'heure convenue, ils attendirent chez les Maltais.

Bientôt apparurent, chargés comme des bêtes de somme, François Dufour, Gagnon surnommé Tonnerre, à cause de sa grosse voix, les deux Platon, Joseph et Élie, Bourin, Simard la Gueule, les trois Josime, les Lajoie, les Boudreault, les Gauthier ; puis, Alexis Tremblay qu'on appelait le Lucon.

Le plus jeune de tous et de taille moyenne, il était déjà réputé dans tous les durs travaux de drave.

En outre, grand frotteur de chanterelle, l'âme pleine de musiques et de chansons, il était le premier invité à toutes les noces qui se faisaient depuis Cachette-

Aubin, au pied des montagnes, jusqu'aux bords du grand fleuve.

C'était l'ami de Joson.

Menaud reluqua le Délié qui s'en venait, endossa brusquement son paqueton; puis, la troupe se mit en marche.

Toute la vieille route de misère, entre les herbes fanées, se remplit bientôt de rires, de gausseries, de rengaines d'amour qui se levaient, par intervalles, du cœur des jeunesses et trébuchaient à la prochaine ornière.

On traversa l'abatis du Colombier piqueté de souches, de recrus de plaines et de fougères brunes.

Puis, le chemin se mit à grimper entre les talles de harts rouges, les trembles gris vert et les aulnes dont les chatons annonçaient le printemps.

La montée devint pénible.

Dans les affouillements, il fallait tirer à pleins colliers.

Alors les voix se turent, toutes étranglées par les sangles de poitrine et de front.

Lorsqu'on eut gagné les hauteurs du Portage, le soleil avait émergé.

Menaud s'arrêta.

Devant lui, s'étendait la vallée de la grande rivière. L'ombre y stagnait encore; par intervalles, il en montait comme un beuglement de troupeaux affolés.

Mais, au loin, on voyait la Basilique neigeuse, l'Éboulée, les Érables, les Farouches... et Menaud les nommait tout bas, comme les paysans nomment leurs bêtes à la barrière.

À gauche, par la coupe du Vieux-Pont, les défricheurs avaient traversé vers le Royaume du Saguenay. Oh! une fière aventure que celle-là!

Mais maintenant...

Il se retourna vers ses compagnons qui, l'un derrière l'autre, marchaient courbés comme des porte-bâts dans ce chemin de conquête, en face de ce libre pays que le matin découvrait devant eux.

— C'est dur, la drave, dit Alexis qui l'avait rejoint. Moi, foi de Lucon! je ne ferai pas le chien tout mon règne.

On fit une pause pour reprendre haleine.

Alors, les jeunes draveurs tournèrent les yeux vers en-bas, vers les champs beiges dont les rectangles semblaient se raidir contre l'envahissement des bois... vers les vieilles maisons grises où l'on danse, les bons soirs, avec les filles.

On eût dit que la terre se faisait belle exprès et tendre en ce lumineux matin de printemps où, je ne sais pour quel apprêt d'amour, les collines commençaient à s'attiédir et le soleil, à danser sur les sillons.

— C'est beau, pareil, dit l'un d'eux...

Il y avait, dans cette réflexion, comme un regret d'être obligé par la misère d'abandonner ainsi, pour de si maigres gages, des choses qui, vues de haut, semblaient très douces.

Et, sans doute aussi, pensaient-ils à ce qui les attendait : les nuits de glace, les risques, les misères incroyables... sous l'œil de l'étranger...

Menaud, Joson, Alexis, eux, n'avaient point de ces retours, étant d'une autre race : celle que la terre mesurée, avec ses labours et ses moissons, ses rigueurs et ses tendresses, n'avait pas encore apprivoisée.

Pour eux, la vie c'était le bois où l'on est chez soi partout, mieux que dans les maisons où l'on étouffe, c'était la montagne, aux cent demeures, aux innombrables chemins tous balisés des grands souvenirs du passé.

C'est là qu'on se faisait des âmes fortes.

C'est de là qu'un jour la liberté descendrait comme un torrent de colère et délivrerait le pays de tous les empiéteurs.

La troupe avait enfilé les longues descentes.

Et, de la cuve d'or du soleil, partout, dans les pendants, les sous-bois, les ornières glacées par la nuit, débordait la première chaleur.

Le sol gluait de plus en plus.

Maintenant, c'étaient la boue, les ruisseaux débordés, les baissières vaseuses et longues comme des lacs.

Il fallait fouiller là-dedans, enjamber, sauter, assurer l'aplomb du pied sur les corps-morts limoneux, tenir le ballant des fardeaux...

Ainsi s'avançait cette procession de draveurs silencieux, dans le décor toujours le même de forêt grise, chaude dans les clairières, froide dans les massifs d'épinettes où gisaient encore des bancs de neige sale.

Et, au loin, c'était le bleu des monts qui, de plus en plus, s'embuaient de chaleur; et tout le long du portage, grondait cette rivière rageuse, gonflée de toutes les furies de l'hiver en déroute.

Au pic du jour, on fit halte pour le dîner.

Les hommes tirèrent quelques croûtes de leurs paquetons, sapèrent leur thé en silence et, pour une trêve de pipe, chacun se canta sur son fardeau.

Le Bourin sortit sa boîte à musique, essaya d'une chanson, d'une autre ; puis, les yeux dans le vague et les pieds battants, il enfila une ritournelle.

Aussitôt, dans la pensée de chacun, revinrent des figures gracieuses, souriantes, versant des baumes d'amour sur les fronts que les sangles avaient stigmatisés : l'Amélie de Joson, l'Élise du grand Josime, bien d'autres encore... Marie la belle tisserande... en face de qui la pensée du Lucon et celle du Délié se rencontrèrent soudain...

Menaud, lui, jonglait à l'écart.

Autrefois, c'était une fête de partir pour le bois.

Du temps de son défunt père, surtout ! Un maître homme dans le pré duquel il n'aurait pas fait bon de faucher.

Il se rappelait bien ses paroles.

Partout, devant les moindres choses, c'était toujours la même chanson : « Regarde, comme c'est beau ! Garde ça pour toi et pour ceux qui viendront, mon sapregué ! »

Un jour, sur la montagne à Basile où l'on chassait à l'ours, il s'était arrêté longtemps.

Alors, il avait fait un large geste, comme s'il eût voulu embrasser le pays tout entier.

« Tout cela, c'est à nous autres, c'est l'héritage ! » avait-il dit.

Menaud le revoyait encore humant les âcres parfums du bois comme une odeur de son bien à lui, les yeux sur les montagnes comme sur une bête familière que l'on caresse, fier de l'entrecroisement de ses pas et de ceux de sa race sur tout ce beau domaine.

Ce jour-là, de grosses larmes lui avaient roulé des yeux! Il avait répété: «Tout cela vient de nos pères, les Français!»

Menaud poussa un long soupir.

À c'tte heure, ça n'est plus pareil! pensa-t-il.

Il passa sa grosse main dans la broussaille de ses sourcils, cala son feutre à plein.

Cette diable de lecture de la veille lui revenait maintenant:

«Des étrangers sont venus! ils ont pris presque tout le pouvoir! ils ont acquis presque tout l'argent...» Le livre disait vrai.

Alors, le vieux maître-draveur eut honte de lui-même.

Il avait fait comme les autres: plié le cou. Chien grognant d'abord, chien couchant ensuite. Comme les autres... comme les autres!

Il regarda du côté de Joson.

Il aurait voulu, de rage, frapper à coups de bottes dans cette destinée d'esclave qui le ravilissait, lui, et qui ravilirait demain l'œuvre la plus fière de son sang: son fils, sa fille.

Le Délié s'était approché.

Menaud aurait bien eu envie de lui faire perdre, à ce gibier-là, l'idée des noces et pour longtemps.

Mais: «Ohé! les gars, ohé!» cria-t-il, en se levant.

On se ressangla, et les hommes se remirent à battre la semelle dans la pierraille du Foulon.

La batture, longue, était un vaste champ d'éricales sèches et de mousses blanches.

Ici et là, se dressaient quelques pins de misère, quelques chicots noircis.

Une odeur chaude montait de cette terre stérile que le soleil recommençait à rôtir.

On eût dit un vacillement de toutes choses dans cette savane de souffrance qu'irritait le marteau des pics s'acharnant sur les arbres morts.

Les hommes allaient, sans pensée, gorge sèche, cou bandé, le front roussi par les courroies brûlantes, les pieds en feu sur la rocaille, jurant aux heurts qui leur enfonçaient le fardeau dans les épaules.

Vers le soir, enfin, on arriva à la Grande-Écore.

Les hommes, tête baissée, se précipitèrent aussitôt dans la descente, en secouant les paquetons qui ne pesaient plus.

Pour la traversée de la rivière, Menaud mit quatre hommes aux rames et prit l'aviron de gouverne.

L'esquif piqua dans le courant dur, entra dans le remous d'atterrissage où tournaient des écumes comme des cygnes tranquilles.

Les tentes avaient été dressées une quinzaine de jours auparavant par les draveurs du « temps de glace ».

On appelle ainsi, au pays de Québec, ceux qui, dès la première fonte des neiges, vont ouvrir les chenaux des rivières et préparer la grande drave.

C'est, de toutes, la corvée la plus dure et la plus hasardeuse.

Les hommes ont à se battre contre le froid, la neige et l'eau.

D'une étoile à l'autre, ils doivent dégager les billes encavées dans la glace, courir sur le bois en mouvement, s'agripper aux branches, aux rochers de bordure quand l'eau débâcle et qu'elle veut tout emporter comme une bête en furie.

On les vit revenir à la brunante, trempés jusqu'aux os, grelottant dans leurs hardes que le froid avait raidies.

Les deux équipes échangèrent des amitiés et se précipitèrent vers la mangeaille, sous l'appentis de toile.

Il faisait nuit maintenant.

Tout autour, les montagnes déjà noires encerclaient d'une sombre margelle le puits des étoiles claires.

Menaud s'informa des mouvements de l'eau, du bois et du travail des hommes.

Après quoi, pour se divertir un peu de toutes les misères qui s'annonçaient, les draveurs allumèrent un feu sous les épinettes.

On eût dit que la flamme réveillait le sang engourdi de cette race.

Sous les branches toutes fleuries d'étincelles, dès que le Bourin eut embouché sa musique et battu des pieds, ce fut une débâcle, une poussée de gestes de délivrance et comme une revanche de ces âmes que les fatigues et le froid avaient rendu inertes.

Aussitôt qu'un danseur s'épuisait, un autre reprenait la gigue : visage en flammes, cris ardents, regards perdus vers un rêve mystérieux entrevu dans l'entrelacement des branches embrasées où les génies du feu dessinaient, à la complaisance de chacun, les figures qu'il aimait revoir.

Tout cela semblait remonter de la profondeur du sang.

Tout cela rappelait que les pères avaient été, d'un océan à l'autre, et même dans tous les périls, les plus gais des hommes, les fidèles échos de ce monde sonore, les amants passionnés de cette nature aux belles images sans cesse renouvelées, à laquelle, tous, dans la plaine, sur la rivière ou la montagne, dans la neige ou les joailleries du printemps, ils avaient chanté une chanson d'amour et un hymne de liberté.

Personne ne parlait plus de drave maintenant.

La danse allait, légère, sur la pointe des pieds, comme pour un envol, et vêtue de feu.

Délivrés, inlassables, ils exprimaient, chacun, sa vie propre. Ils révélaient par les bras, les pieds, les yeux, les cris poussés dans la frénésie des cadences, ce qu'ils avaient reçu du passé et appris par eux-mêmes ; ils animaient d'une sorte de lyrisme sauvage tout ce décor de misère.

Une brume froide, lente, étendait maintenant son apaisement sur les choses et les hommes...

On raviva les feux.

Ils se mirent à crier tous : « Alexis ! Alexis ! » Il sortit son violon, qu'il avait fait lui-même dans un sapin de montagne.

Il releva les vagues de sa chevelure brune, frappa plusieurs fois la terre de son pied pour en faire sourdre un rythme.

On avait fait silence autour de lui.

Alors, il se mit à faire parler les cordes.

Dieu ! si elles en savaient une chanson, puis une autre !

Repliés sur eux-mêmes et muets, les hommes complétaient, en leur songe, cette musique où passaient les images de leur vie.

Cependant, les souffles froids commençaient à jeter des glaçons dans le dos des hommes.

Mais il fallut quand même que le Lucon revînt.

Il se mit à chanter, cette fois, des ritournelles que ses compagnons scandaient des mains, des chansons de voyageurs aux mélodies venues de loin, de très loin peut-être, puis la complainte de la Malhurée dont le spectre hante encore les gorges de la Gamelle.

Et, tandis qu'autour se figeaient les ombres, et que, sur le bois du brasier, tristement, s'étiolaient les fleurs de flammes, au milieu du silence, s'éleva la complainte :

> *Plus belle était la Malhurée*
> *que n'est belle, au matin,*
>   *la source d'ambre et d'or!*

> *Ce qu'elle aimait, ce qu'elle aimait*
> *le grand chasseur d'en-haut*
>   *son José, son José!*

> *Un soir de la dernière automne,*
> *à l'aiguade d'amour*
>   *il vint boire longtemps.*

> *Puis, il marcha, si loin, si loin,*
> *que les feuilles revinrent*
>   *sans José, sans José!*

> *Alors, toute au compte des jours,*
> *et des nuits qui s'allongent,*
>   *pleure la Malhurée.*

> *Et, comme des flèches claires,*
> *sont piqués ses regards*
>   *vers le sentier des monts.*

Passe l'été, passent les feuilles;
et la sombre douleur
*   de l'amante affolée*

hélas! règne au large, là-bas,
sur le sombre mystère
*   de la vaste forêt.*

Vers la guette des monts
d'où le cœur voit au loin,
*   confuse et lamentable,*

la Malhurée s'enfuit, laissant
le sillage des plaintes,
*   la houle des sanglots.*

Et depuis, dans les nuits de lune,
son fantôme se lève,
*   blanc dans la gorge noire.*

Et redit au passant
qu'elle est morte d'amour,
*   la pauvre Malhurée!*

Menaud, durant toute cette fête, n'avait point bougé. Il était assis à l'écart, bourrant d'innombrables pipes, moins attentif aux danseurs qu'au fond de scène que faisaient derrière eux les paroles du beau livre: « Nous avions apporté dans nos poitrines le cœur des hommes de notre pays, vaillant et vif, aussi prompt à la pitié qu'au rire, le cœur le plus humain de tous les cœurs humains. Il n'a pas changé. »

Puis, alors que les hommes, lentement, semblaient s'enfoncer dans les ténèbres de la nuit, le vieux maître-draveur se leva soudain, lança quelques bûches dans le brasier et commença de parler comme s'il eût été à lui seul tout un peuple et qu'il eût vécu depuis des siècles.

Les randonnées des coureurs de bois, les portages, les rapides, tout le pays qu'on avait découvert, tout ce qu'avaient enduré, explorateurs, colons, missionnaires, il dépeignait tout cela avec ses mots, ses gestes à lui, comme si tout s'était passé de son temps entre le rang de Mainsal et le mont à Basile.

Les hommes, eux, suivaient le récit avec une sorte de regret : toutes ces belles choses ne reviendraient sans doute jamais plus !

Ainsi parla Menaud et tard dans la nuit, prenant à témoin les forêts, les plaines, les monts, le grand fleuve nourricier, que les âmes des aïeux étaient grandes et que c'était pour eux, leurs fils, qu'ils avaient fait cette terre, pour eux...

Puis :

« Des étrangers sont venus, dit-il ; ils ont pris presque tout le pouvoir ; ils ont acquis presque tout l'argent... »

Sa voix se brisa dans sa gorge.

Il regagnait sa tente, lorsqu'il vit le Délié s'approcher de lui.

Devinant ses motifs : « Ma fille n'est pas à vendre à des traîtres comme toi, dit-il. Ôte-toi de devant ma face ! »

Chapitre III

Le lendemain, il faisait brun encore lorsque Menaud cria le réveil. Il s'aperçut que le Délié avait décampé.

Les hommes, frissonnant dans leurs habits humides, s'approchèrent l'un après l'autre de la table, geignant que le pain de ce jour était amer.

Dans le ciel gris, le nordet poussait le troupeau de ses nuées, en longues bandes, au ras des montagnes.

Puis, soudain, la pluie s'abattit brusquement comme une tente qui s'écrase.

Il fallut quand même partir pour la Noire, et monter dans le portage que ravinaient les torrents de la montagne.

Pénible était la marche entre les branches, les foins chargés d'eau et qui trempaient, à chaque pas, le corps des draveurs.

Menaud piqua tout droit, par le côtoyage, vers la chute dont les grondements se faisaient entendre dans les accalmies du vent.

Tout cela annonçait le combat où s'engage la vie des hommes.

Que de fois, lui, n'avait-il pas risqué sa vie sur les embâcles !

Mais, depuis que Joson s'était mis en tête d'être aussi hardi que lui-même, les moindres cris de l'eau lui frappaient au cœur.

Sous les fouets de la pluie, l'un derrière l'autre, les hommes, pataugeant dans les mousses et s'arrachant aux broussailles, escaladaient misérablement les piquerons de la montagne.

Silencieux, ils portaient le poids des paroles entendues la veille.

C'était bien vrai, ce qu'avait dit Menaud, la veille. Tandis qu'eux, les pauvres draveurs, ils s'effiellaient le jour et grelottaient la nuit, les étrangers encaissaient tout le profit de ces misères!

Ils avaient mis le grappin sur tout.

Aussi, comme un vent de souffrance passait sur le pays tout entier, comme une plainte qu'on entendait parfois gémir au fond du sang.

Et ces âmes simples et douces avaient l'air d'interroger, comme des voyageurs perdus dans un pays mêlé de nuées et de brumes.

Alexis et Joson, eux, pleins de colère sourde, battaient en marchant, de leurs gaffes, les bords du sentier.

Au pied de la chute, le bois était immobile. Bloqué là, il s'était entrelacé, hérissé, arc-bouté aux parois de la cuve.

Et l'eau se précipitait là-dessus avec des cris de bête sauvage, car la Noire était folle, ivre de tous les torrents que lui déversaient les montagnes d'alentour et tout le ciel.

Menaud regarda longtemps toute cette masse inextricable.

Lui et ses hommes descendirent ensuite dans le trou de l'embâcle.

Sous les embruns qui giclaient, agriffés aux redans de la paroi rocheuse, tous, ils allongeaient les gaffes à têtes pesantes, s'épuisaient à harponner, bavaient des injures aux billots tenaces.

Menaud soutenait le travail, épiant du regard, prêt à crier le sauve-qui-peut.

Vers midi, il fit remonter les piqueurs, plus trempés que les pêcheurs de Maillard lorsque, sous les nordets d'automne, au milieu de leurs coffres, ils barbotent dans le grouillement des anguilles.

Puis, il envoya dire de lâcher l'éclusée du lac Noir.

On entendit d'abord un grondement qui dévorait tous les autres ; et, bientôt, apparurent les têtes bondissantes de l'eau, pareilles aux vagues des équinoxes lorsque le vent les fouette et qu'elles embouchent les fleuves en hurlant.

Durant une heure, dans la coupe noire, tout trembla. Et si fort que, depuis l'éboulis dans la vallée des Érables, le pays d'alentour n'avait rien entendu de pareil.

Mais rien ne cédait encore.

De sa gaffe, Menaud indiquait, à travers le brouillard, la clef de l'embâcle.

Alors il ne resta plus qu'un moyen : la longue perche et les cartouches de dynamite qu'il y avait attachées.

Il y inséra l'amorce ; mais, comme il s'apprêtait à descendre, Alexis saisit vivement l'engin et descendit dans le gouffre.

Les autres à part Menaud et Joson s'étaient sauvés.

Mais, quand explosa la masse, Alexis, debout sur la falaise, montrait, en riant, les billes qui se disloquaient et bousculaient dans la Noire.

Et ce spectacle lui soulageait le cœur qu'il avait gros depuis la veille, à cause des paroles flétrissantes de Menaud :

«Nous sommes des lâches! des lâches!»

De plus, non! le Délié n'aurait pas fait cela.

Et l'image de la tisserande passa, au-dessus du gouffre, comme une vision d'espoir.

Menaud vit que le Lucon était un homme et qu'un jour, avec Joson, il pourrait... sur d'autres embâcles...

Mais il ne dit rien, et se précipita, à la tête de ses gaffeurs, dans le côtoyage pour éperonner le bois qui roulait en frappant la pierraille.

À sept heures, dans la Noire, il ne restait plus que la glane à faire au premier jour de beau soleil.

Et l'on s'en revint par le portage des vieux bouleaux dont l'écorce est rouge et ressemble à la peau des draveurs que la misère a fouettée.

Les hommes soupèrent en silence; et, dès la brunante, chacun, tombant de sommeil, avait regagné sa litière de sapin.

Mais Alexis, lui, ne dormait pas. Il avait les yeux ouverts sur les ramures d'ombre qui, dans le ciel des tentes, font des palmes sur la tête des misérables.

Le vent avait tourné au sud et, sans doute, roulé les brouillards, à voir la clarté que blutait la toile.

Mais il était tard dans la nuit et le Lucon ne dormait pas encore.

Pourtant, il souffrait dans ses membres d'un besoin de repos: sa journée de piqueur méritait bien son prix de sommeil!

Mais, sous son front, la pensée lui allait et venait, montait et descendait sans pitié comme le tamia dans le creux des merisiers morts.

Il essayait de s'arrêter en lui-même; mais c'est de Marie qu'il ne cessait de s'inquiéter maintenant; et toutes sortes d'idées et de craintes l'obsédaient, entremêlées de beaux souvenirs et de regrets aussi.

L'un de ces derniers dimanches, elle était venue le reconduire jusqu'à la barrière; elle semblait le retenir...

C'était le moment de lui dire: «Je t'aime.»

Dans le gai printemps de Mainsal, tout provoquait à l'amour.

Mais même ce soir-là, il avait quitté Marie sans rien dire de ce qui lui chantait au cœur.

Et voilà maintenant que l'autre rôdait, rôdait autour de la belle et même autour de Menaud pour faire la grand'demande... sans doute...

Comme il souffrait, le pauvre! au milieu des hommes enfouis tout autour dans l'apaisement du sommeil...

Au moins, non! il ne serait jamais un lâche, dût-il en mourir...

Et peut-être qu'après avoir fait une grande chose, comme les paroles de Menaud lui en avaient allumé le désir dans le sang, peut-être que Marie...

Vers minuit, la lune émergea sur la tête des arbres. Ainsi que d'un vase, il s'en épanchait une coulée d'argent.

Alors le sommeil, doucement, se mit à passer ses mains dans les lourdes vagues de la chevelure brune.

Alexis s'endormit un peu.

Mais toutes les choses qu'il avait entendues la veille revinrent comme en songe. Toutes comme de belles images: celles des forêts et de la plaine herbeuse de son pays, celles de l'eau blanche qui dévale sur les rivières inclinées, celles de l'eau bleue qui s'étale sur les lacs tranquilles.

Il vit ensuite des sentiers qui emmaillaient toutes ces terres et des sillages qui ridaient toutes ces eaux. Des hommes de sa race allaient et venaient dans toute cette étendue.

Alors, il leur demanda :

« Qu'est-ce que cela ? »

Ils lui répondirent : « Ce sont des images de ton pays. »

Puis ils ajoutèrent :

« Si tu aimes la liberté, écoute ! »

« J'aime la liberté, dit Alexis, et je voudrais mourir pour elle. »

Ils lui dirent :

« Tu parles comme tes pères ont parlé ! »

Alors le jeune homme entendit que les uns chantaient :

« Ohé ! nous avons marché sans peur ! Ohé ! nous avons canoté sans lasse ! Jamais personne, sous le soleil, n'a fait un tel butin ! Jamais personne n'a nommé dans sa langue tant de terres ni tant d'eaux ! »

D'autres vinrent à leur tour.

Ils disaient :

« C'est nous, les humbles défricheurs.

Ah ! durement, durement, et de l'aube aux étoiles, nous avons travaillé avec la hache et le feu.

Oh ! que de misères ont coûtées les champs de ton pays ! » Alors le jeune homme interrogea, et les siens répondirent : « Ce sont les voix du passé. Et maintenant, si tu aimes la liberté, écoute ! »

« J'aime la liberté, dit-il, et je voudrais mourir pour elle. »

Après quoi il entendit comme une plainte qui s'élevait de tout le pays, une longue plainte qui ressemblait à celle de Menaud, la veille.

Et il se mit à souffrir comme si toute l'angoisse du peuple eût été en lui.

— Et demain? demain? demanda-t-il.

— L'avenir s'avance par des sentiers impénétrables, dit un Ancien. Mais, tu sais, maintenant. Délivre la liberté.

— Où est-elle? dit Alexis.

— En toi-même. On commence à vaincre dès qu'on commence à vouloir.

— Je souffre, et je veux, s'écria Alexis.

— Désormais, souviens-toi; et marche. Avant partout!

Mais, comme l'aube était prochaine, le songe héroïque s'enfuit au cœur profond de la forêt vierge où habitent ces songes!

Chapitre IV

Au petit jour, quand on se leva, la rivière était en pleine crue ; et le bois s'était mis à descendre. Menaud envoya un groupe d'hommes vers les hauts, pour surveiller les embâcles qui pourraient se faire ; puis, avec Alexis, Joson et quelques autres, il poussa son esquif dans le courant, prit l'aviron de gouverne et se laissa descendre au fil de l'eau.

Une petite brise suivait en poupe, entraînant tous les bruits, tous les parfums et toutes les brumes qui descendaient par les coupes.

Le vieux maître-draveur jouissait de cette descente, l'œil vif et défiant comme celui d'un chasseur sur une piste dangereuse.

De temps en temps, il parait de l'aviron, criait hue ! dia ! aux rameurs quand un écueil labourait le courant et taillait la vague en oreille de charrue, fier de sa barque lorsqu'elle faisait des croupades et prenait des airs relevés au milieu des écumes et des gargouillements de l'eau.

Il se sentait libre enfin, humant l'air vif, et jouissant de revoir cette longue bande de forêt riveraine.

Cette fois, c'était bien elle, sa vie, que tout cela : paysages coupés de tourbières et de broussailles, lacs dorés du ciel, pâtis de brouillards, grandes barres de lumière, grandes barres d'ombre, jardins d'éricales, vasières gris bleu; et, sous le manteau d'apparence immobile, toute une vie réduite par l'hiver et qui se libérait soudain, se dilatait à l'aurore et s'exaltait en un vol aussitôt replongé dans la forêt humide du matin.

Aux Cayes, le bois se mit à dévaler, et si compact que cela ressemblait aux anguilles lorsqu'en automne elles affluent sur les battures vaseuses de la Petite-Martine.

Comme il y avait là danger d'embâcle, Menaud commanda de pivoter, et poussa sa barque à terre.

Puis il bourra sa pipe; et, comme s'il eût été seul, largua sa pensée au fil du courant.

Les siens, autrefois, avaient été les hardis canotiers des Pays-d'en-Haut. Ah! des braves, ceux-là et capables de pagayer durant des mois!

Puis il se mit à raconter qu'il avait souvenir d'un vieil oncle de son défunt père, venu se promener chez lui.

Il revoyait encore ce bonhomme à longues moustaches qui l'avait fait sauter à califourchon sur ses genoux: «P'tit galop! Grand galop!» et qui parlait aussi fort que Gagnon Tonnerre.

Une quinzaine durant, il avait fait défiler des lacs, des rivières, des pays comme il y en a dans les contes seulement.

Il disait des mots qui semblaient venir de loin, de très loin, racontait des histoires de sauvages, dépeignait des animaux étranges dont il imitait le cri. Les uns descendaient de la toundra au printemps par mille et par mille. Les autres, au galop, faisaient trembler la plaine comme une peau de tambour.

Il racontait les grandes chasses, les longs portages, les prodigieuses randonnées; et tout cela exhalait l'haleine des pays neufs, un je ne sais quoi de sain, de jeune, de viril, de mystérieux qui lui avait donné, à lui, Menaud, le goût de faire l'outarde et de filer vers les Pays-d'en-Haut. Mais, empêché par les siens, il avait dû se borner à la barbotière aux pirons!

« On ne fait pas toujours ce qu'on veut dans le monde », prononça-t-il sentencieusement.

Après un long silence, tandis qu'au courant de la rivière descendaient les riches dépouilles de la montagne :

« Anciennement, dit-il, on était les maîtres de tout cela... »

Puis, regardant Joson :

« Si j'étais plus jeune... »

Et, brusquement, pour cacher son regret d'avoir entraîné son fils dans un métier d'esclave : « Marie est seule, ajouta-t-il, et le Délié est parti pour en bas. Je suis inquiet. Si tu veux dire comme moi, nous retournerons demain à Mainsal... »

Mais, soudain :

« La rivière est barrée », s'écria-t-il.

Le bois, en effet, ne descendait plus.

Il commanda la remonte. Les hommes, pieds aux varangues, se mirent à forcer de rames.

Bientôt, il fallut remonter à la cordelle ; et tandis que les uns gaffaient, les autres, le long des bords, à mi-corps dans l'eau glacée, halaient comme des bœufs.

Et tous ensemble, ils criaient : ohé ! et crachaient de rage dans la face du flot.

Ohé ! dans l'embarras des aulnes !

Ohé ! dans les éraillures du courant où passaient des regrets de vie calme, là-bas !

« Ohé ! un petit coup de cœur ! »

Puis, on se rembarquait, ruisselant ; et l'eau sifflait sur l'étrave, frappait à droite, à gauche, pareille au lutteur qui recule et rebondit soudain pour le dernier coup de *flanc*.

Vers les onze heures, toute l'équipe travaillait sur l'embâcle du banc de coquilles, à la gueule de la Noire.

Le bois des Eaux-Mortes s'était affalé là ; puis, pressé par le courant, s'était dressé comme des chevaux de frise.

Les piqueurs se mirent à gaffer, gaffer pour ouvrir un chenal dans la masse ; et quand un bloc se disloquait et s'écroulait à l'eau, les hommes se sauvaient à la course, et si agiles qu'on eût dit des écureuils jouant dans les renversis.

Parfois, un fantasque s'élançait sur une bille en flot, dansait le balancé ou chantait *Rossignolet sauvage* jusqu'au pied du rapide.

Le danger disparu, on se piétait de nouveau, joyeusement ; car le sang de cette race était jeune au soleil ; et les gars fringuaient dans les périls comme si toute la fougue du printemps était entrée en eux.

Et pique et pique et gaffe et gaffe encore ! au grand soleil qui forgeait les muscles et dégourdissait les sèves, dans la coupe bruyante où défilaient les prouesses viriles et les légendes du passé !

Soudain l'embâcle se mit à frémir, à gronder, à se hérisser.

La bête monstrueuse se dressa sur l'eau, se tordit, et se mit à dévaler en vitesse, tandis que, derrière elle, s'acharnaient toutes les meutes de l'eau.

Et les hommes couraient le long, piquant, criant des injures, poussant tous les hourras de joie remontés de leur vieux sang de chasseurs d'embâcles.

Joson, surtout, faisait merveille, ardent draveur, se démenant comme il faisait, l'automne, lorsqu'au bord des frayères du Gagouët, il gaulait les truites vers ses filets.

Ohé! ohé! Tandis que les hommes agiles trimaient des jambes et des bras sur les bords du chenal, et que le soleil, de sa cymbale d'or, frappait le pays d'alentour pour l'éveiller à la vie, Menaud s'exaltait devant le spectacle des gais vainqueurs d'embâcles.

Au-dessus du tumulte, passait dans la coupe le souvenir des grands hardis, des grands musclés, des grands libres d'autrefois: défilé triomphal dans les musiques de l'eau guerrière, du vent de plaine et du vent de montagne, sous les étendards de vapeur chaude qu'au-dessus du sol libéré déployait le printemps.

Tout cela chantait:

«Nous sommes venus il y a trois cents ans et nous sommes restés!

«Nous avons marqué un plan du continent nouveau, de Gaspé à Montréal, de Saint-Jean d'Iberville à l'Ungava, en disant: «Ici toutes les choses que nous avons apportées avec nous, notre culte, notre langue, nos vertus et jusqu'à nos faiblesses deviennent des choses sacrées, intangibles et qui devront demeurer jusqu'à la fin.»

«Car nous sommes d'une race qui ne sait pas mourir!»

Et Menaud s'imaginait voir Joson, Alexis, reprendre le pas héroïque, et bien d'autres encore avec eux, ralliés enfin par le grand ban de race.

Cette vision lui contentait le sang, et répondait aux reproches qui lui taraudaient le cœur.

Toutes ses lâchetés à lui, ses années sous le joug, c'est Joson qui rachèterait cela...

Il lui avait proposé de quitter la drave et de retourner à Mainsal.

Il serait dur, sans doute, de quitter la montagne, au moment où la lumière, le long des arbres, coulait comme un miel doré que buvait la terre ; dur de tourner le dos, demain, à ces belles choses dont il connaissait la loi, le cri, l'instinct.

Depuis cinquante ans qu'il assistait ainsi à cette jeunesse des plantes et des bêtes, et qu'au cœur de la forêt chaude, il allait endormir ses peines comme en une pelisse tiède où l'on fait son somme. Cette nature, elle semblait l'aimer depuis le jour, lointain déjà, où il s'était appliqué à la connaître.

Elle lui donnait l'air vierge et pur de la montagne, l'eau de ses sources, le bois de sa maison, l'écorce de son toit, le feu de son foyer qui, le soir, pour le plaisir de ses yeux, dansait follement comme une jeunesse sur les bûches et dont la chaleur lui caressait le visage, l'enveloppait dans l'or de ses rayons.

Elle lui donnait encore le poisson de ses lacs, le gibier de ses taillis ; elle lui dévoilait le secret des cloîtres silencieux, des hauts pacages où broutent les caribous de montagne ; elle lui avait appris la science des ailes, des crocs, des griffes, des murmures, depuis le frou-frou de la libellule dans les roseaux des marécages jusqu'à la plainte chaude et profonde des orignaux fiévreux dans l'entonnoir des coupes.

Mais il reviendrait bientôt, et libre !

Il apprendrait à Joson ce qu'il n'avait fait lui-même que sur le soir de sa vie...

Une clameur s'éleva !

Tous les hommes et toutes les gaffes se figèrent, immobiles... Ainsi les longues quenouilles sèches avant les frissons glacés de l'automne.

Joson, sur la queue de l'embâcle, était emporté, là-bas...

Il n'avait pu sauter à temps.

Menaud se leva. Devant lui, hurlait la rivière en bête qui veut tuer.

Mais il ne put qu'étreindre du regard l'enfant qui s'en allait, contre lequel tout se dressait haineusement, comme des loups quand ils cernent le chevreuil enneigé.

Cela s'agriffait, plongeait, remontait dans le culbutis meurtrier...

Puis tout disparut dans les gueules du torrent engloutisseur.

Menaud fit quelques pas en arrière; et, comme un bœuf qu'on assomme, s'écroula, le visage dans le noir des mousses froides.

Alexis, lui, n'avait écouté que son cœur. Il s'était précipité dans le remous au bord duquel avait calé Joson.

Et là, il se mit à tâtonner à travers les longues écorces qui tournaient comme des varechs, à lutter de désespoir contre les tourbillons de l'eau, à battre de ses bras fraternels, à l'aveuglette, vers des semblances vagues de forme humaine.

Et quand le froid lui serrait trop le cœur, il remontait respirer, puis replongeait encore, acharné, dans la fosse obscure, parmi les linceuls de l'ombre.

Non, personne autre que lui n'aurait fait cela; car c'était terrible! terrible!

À la fin, d'épuisement, il saisit la gaffe qu'on lui tendait, remonta en se traînant sur les genoux, se releva dans le ruissellement de ses loques, anéanti, les yeux fous, les lèvres blanches, les bras vides…

À peine murmura-t-il quelque chose que l'on ne comprit pas ; puis il prit sa course vers les tentes, et se roula dans le suaire glacé de son chagrin.

Alors, semblable à un homme ivre, levant haut les pieds comme ceux qui tombent de la clarté dans les ténèbres, arriva Menaud, ses paupières baissées sur la vision de l'enfant disparu.

Et les hommes s'écartèrent devant cette ruine humaine qui s'en venait en se cognant aux cailloux du sentier.

Il demanda : « L'avez-vous ? », regarda les mailles du courant et dit :

« Il est là ! »

Puis, il prit sa gaffe, fit immobiliser une barque en bordure du remous, et se mit à sonder, manœuvrant le crochet de fer avec d'infinies tendresses.

Depuis deux heures maintenant qu'il cherchait, seul, ne voulant de personne, de peur qu'on ne blessât la chair de son fils, au fond.

Par intervalles, il exhalait une plainte sourde à laquelle répondait le bruit du fer sur les cailloux raclés.

Déjà, le soir fossoyeur commençait à jeter ses ombres.

Menaud entra dans une terreur d'agonie. Il regardait le ciel, suppliant qu'il eût, au moins, le cadavre de son fils pour l'enterrer là-bas, près de sa mère.

À la fin, la nuit allait lever son dernier pan de ténèbres et murer le désespoir de l'homme, lorsqu'il sentit au fond quelque chose de mou qui venait. Il tira lentement sa gaffe.

Alors, émergea du noir, Joson, sa pauvre tête molle et ballante...

On rama vers la berge, en hâte, car le frisson gagnait le cœur des hommes.

À la poupe gisait Menaud, rabattu sur sa capture, et son visage appuyé d'amour sur le visage de son enfant mort.

Dès qu'il sentit que la barque avait touché, il prit le cadavre dans ses bras, et comme un personnage d'une descente de croix, monta vers sa tente parmi les suaires des brumes.

Vers les minuit, Menaud demanda qu'on le laissât seul.

Sa douleur ne supportait plus toutes ces paroles, tout ce mouvement autour d'elle.

Il attacha la porte de sa tente et reprit possession de son enfant à lui.

Il s'était agenouillé tout près ; il passait ses doigts dans la chevelure froide et mouillée, couvrait de baisers le front pâle, caressait la cire du beau visage, tel un homme qui modèle un masque de douleur.

Au dehors, c'était une nuit semblable à toutes les nuits de printemps avec des rumeurs mystérieuses, entrecoupées d'appels, de cris et, par moments, couvertes par l'immense chœur des grenouilles jouant du flageolet dans les quenouilles sèches.

Ainsi, cette nuit de mort était semblable à toutes les nuits de printemps.

Quant aux autres draveurs, ils dormaient tous, et le pouls du sommeil battait à pleines tentes ; et les rêves jouaient avec les lutins dans la clairière des songes.

Pauvre homme !

Seul !

Maintenant, il revoyait tout. Depuis les heures heureuses quand Joson était petit, Menaud repassait toutes les étapes de la vie de son enfant.

Il avait été sa première récolte d'amour, sa joie de retrouver en lui, en son corps, en son cœur, en ses généreuses promesses de fleurs et de fruits, les images de tout ce qu'il aimait le plus : sa femme, puis le ciel, puis la terre et la liberté de sa patrie.

Un jour, il l'avait porté sur son dos jusqu'à sa cabane du trécarré d'où l'on a l'œil sur les montagnes.

Il se rappelait ce que lui avait dit alors tout le pays d'alentour.

Il s'était flatté de n'être pas à part au milieu de cette nature besognant toute à se survivre.

Et, plus tard, le voyant au-dessus des autres, comme un pin de haut lignage aux clochetons pleins d'azur et de rumeurs, il s'était lui, Menaud, dressé tout droit dans l'orgueil de son sang, et s'était fait des accroires d'avenir.

Joson ferait son chemin, sa marque...

Depuis quelque temps, le pays était en souffrance. Les étrangers empiétaient sur les rivières, les lacs, la forêt, la montagne. Mais Joson, d'âme libre et fière, prendrait le burgau et, quelque bon jour, lancerait un appel à la liberté.

Et voilà que tout ce beau rêve gisait là, devant lui, sans espoir maintenant.

Son enfant était mort à pic, sans même laisser les consolations que laissent presque tous les morts : les sacrements, les prières, la dernière parole sainte qu'on se répète, le soir, en famille, et qui, au-dessus du malheur, fixe les yeux comme sur une aube surnaturelle.

Et le pauvre homme se reprochait d'avoir entraîné son fils dans la violence des choses, de l'avoir dérouté loin des conseils de sa mère, d'avoir fouetté même, au milieu des périls, cette nature ardente, nerveuse, qui demandait toujours.

Il aurait bien pu se fixer comme les autres, là-bas, qui vivaient à gratter la terre entre les roches, à boulanger des mottes en dedans de leurs clôtures : ceux-là mouraient dans leurs lits.

Mais le tourment du bois et une mystérieuse loi du sang l'avaient emporté.

Depuis que les étrangers empiétaient sur le domaine de ses pères, il avait cru l'entendre pâtir ; et c'est pour cela surtout qu'il y revenait : pour lui jeter des espoirs de délivrance.

Et dire que toutes ces choses auxquelles il avait donné le meilleur de lui-même l'avaient trahi !

Cependant, une lumière triste et pâle roulait sur l'océan des arbres, par vagues silencieuses, avec des creux sombres et des cimes d'argent.

Et, de partout, s'élevaient des brumes légères qui montaient vers la lune du gai printemps.

Le Lucon, lui, s'était mis en route vers Mainsal pour annoncer la funeste nouvelle. Il allait grand train, le pauvre, et si vite, inconsciemment, qu'il devait s'arrêter parfois.

Il s'asseyait un peu. Alors des battements lui claquaient aux oreilles ; et cela ressemblait à des voix qui lui faisaient peur. Puis, il repartait en flèche, et tendait de nouveau sa pensée entre la vieille maison grise et la tente de mort.

Vers le soir, tout le rang de Mainsal vit sortir des arbres et descendre vers les terres faites un étrange convoi.

Ce n'était plus le torrent des hommes lorsque, après les draves, ils dévalaient de la montagne, et se précipitaient dans le chemin des maisons, avec des ailes aux bras, joyeux comme des canards qui prennent l'eau.

Non ! Cela descendait lentement, en silence, se perdait sous les taillis, émergeait au crépuscule, replongeait de nouveau, tandis que, dans les herbes des buttes, les dernières faux du soleil coupaient les dernières gerbes de lumière.

Tout le rang avait les yeux sur ce qui, tristement, à travers les broussailles et les flaques d'eau rousse, s'en venait comme une chose qui aurait eu peur de s'en venir ; et toutes les voix s'étaient éteintes au bord des galeries où les paysans de Mainsal avaient coutume de jaser et de boire la fraîche du soir.

Le cortège avait pris le grand chemin. Il houla sur la bosse du pont. Menaud suivait la boîte, tête basse, ayant conscience, à chaque pas, que des portes sombres fermaient toute chose à jamais, derrière lui, n'osant lever les yeux vers ce qu'on entrevoyait déjà dans le détour : la vieille maison grise où la douleur allait entrer pour n'en plus sortir jamais...

Les enfants accourus aux clôtures grimpaient sur les pagées ; puis, s'effarouchant soudain, remontaient vers les portes pour se blottir contre la mort dans les jupes des femmes.

Tout le monde maintenant ralliait le cortège.

Et cela traçait, dans le brouillas de l'ombre, un sillage de pitié, de tendresse, de paroles douces comme des prières. Car tous ces voisins-là pouvaient bien se chamailler jusqu'au dernier sou pour une question de clôture, mais, dans le malheur, tout le monde pleurait ensemble comme des frères nés dans le même berceau.

Devant la maison, la voiture s'arrêta sec.

Alors un cri déchira le silence de Mainsal.

La sœur de Joson sortit, se retourna contre le chambranle de la porte, et son cœur se mit à battre comme un marteau funèbre annonçant l'entrée de la mort.

Chapitre V

Maintenant, les soirées sont tristes chez Menaud.

Le jour... passe. On écarte le chagrin de sa pensée avec ses bras, ses jambes.

Il y a tant à faire sur la place neuve où piaffe le grand soleil, tant de traîneries de l'hiver à ramasser!

Il y a les feuilles qu'on brûle, l'herbe qu'on étrille sur la devanture de la maison. Il y a les bûches à fendre, à corder soigneusement, bien en ligne, écorce dessus, bois dessous. Il faut redresser ses piquets, consciencieusement, dans les mêmes trous, pour éviter les procès de clôture. C'est un lien d'aulne qui s'est relâché; c'est un pieu qui manque.

On sort de la remise le râteau, la pioche, la bêche. C'est la terre qui demande cela. On va parfois où mènent ses pieds. On retrouve ses vieilles pistes de l'automne. On reprend le chemin qui mène au pacage, au labour, à l'abatis, avec, derrière soi, les petites dindes qui piaulent et partout, tout autour, les oiseaux qui battent la mare ou sautillent sur la motte.

Et tout cela, tandis que le soleil fait fleurir la terre et prépare le berceau du sillon.

Puis, quand tout est prêt pour le grand matin, de bonne heure, on prend le grain bénit, et le père lui-même, prêtre du labour et de la moisson, le mêle pieusement à la semence.

C'est alors la sainte liturgie du blé qui se déroule, le moment solennel où la famille, à genoux, face à la croix noire au-dessus de la huche, renouvelle l'antique alliance.

Puis on se signe et l'on part. Marche! marche! On sème; le geste est large. On donne à la terre en fringale tout son content de blé. De loin, c'est comme si l'on prenait à même son cœur. Et c'est ainsi qu'on va tout le jour avec du vent dans ses cheveux, une chanson sur ses lèvres.

Puis, on s'en revient au couchant, et l'on s'endort d'un bon sommeil tout comblé de rêves de gerbes, de promesses de pain.

Mais hélas! il n'en allait pas ainsi chez Menaud où, dès le seuil, l'homme devait reprendre son fardeau de chagrin.

Maintenant, il n'allumait plus sa lampe qu'à l'heure des étoiles, pour épargner à ses regards la chaise où Joson fumait sa pipe, sa chambre qu'on avait fermée, et tous les menus objets qui avaient été à son usage.

À travers toutes ces ombres de deuil, allait Marie, sur la pointe des pieds, étouffant les bruits de ménage qui débordaient auparavant par les fenêtres ouvertes et se mêlaient aux clarines des vaches et aux mille cloches du gai printemps.

Bien seule, la pauvre, maintenant! avec cette présence d'un homme qui ne parlait presque plus, et refermait sur lui-même la chape noire de ses pensées de mort.

Le Délié n'osait plus se montrer depuis sa déconvenue de là-bas.

Aussi les soirs sombraient-ils tous dans la même tristesse de veillée funèbre.

Il fallait attendre l'heure du coucher dans un silence que remplissaient seuls les versets de son amour plaintif à elle et de sa douleur à lui.

De temps en temps, Menaud veillait dehors, sans rien faire que de fumer d'innombrables pipes, près de sa boucane à mouches. Baron se couchait à ses pieds, immobile, tant qu'un vol de chauve-souris ne venait pas faucher devant ses yeux. Alors le chien se levait, irrité sous la broussaille de son poil, jappait deux ou trois jappements, et s'écrasait, la tête entre ses pattes, jusqu'au prochain oiseau.

Parfois, un voisin venait veiller : Eugène à Josime, le plus souvent. C'était un grand sec, à visage de fer et de rouille comme les outils du printemps, mais bon comme la terre et sage autant qu'elle.

Léda, sa femme, venait aussi faire son tour. Ah ! du bon butin, cette grosse paysanne à teint fleuri. En plus de faire de l'étoffe et de la toile pour ses six hommes, de broqueter dans les foins, de couper à la faucille dans l'abatis, de relever les femmes du voisinage, elle trouvait, au printemps, le moyen de piquer ses dix gallons de gomme dans la sapinière du pied des monts.

Quand il venait, Josime s'asseyait à califourchon, les bras appuyés sur le dossier de sa chaise. Il commençait ensuite son éternelle chanson : la terre. Il en parlait d'une voix nasillarde, lente, de son train de bon laboureur calme et fervent.

Il jasait du chaud et du froid, du sec et du pluvieux, repassait l'une après l'autre les vieilles remarques de l'ancien temps : la lune cernée, les grenouilles, l'hirondelle au ras de terre, la grêle qui saute, la fumée qui bavole ou qui monte, droite comme un épi.

Il s'était fait une sorte de calendrier en images où le vent des Jours saints, la fête des Sept Frères, les mœurs de l'ours, de l'écureuil, de l'araignée, de l'oiseau, la neige, les étoiles, la lune rousse, et jusqu'au tonnerre de novembre lui représentaient les signes du temps.

Il parlait du sillon dont il connaissait le point comme sa femme, celui du four, de la belle partance de l'herbe, de la bonne levée du grain, pour en revenir toujours à l'épi que l'on froisse, le dimanche, entre les meules de ses mains calleuses et, qu'après avoir soufflé sur la bale, on soupèse pour voir s'il est bien rendeux.

Mais tandis que, sous les yeux de Josime, l'eau des mares, des rigoles, prenait l'ardente couleur du chaume, et que, des champs roux, montait une vapeur comme celle qui fume sur le dos des bœufs, les regards de Menaud partaient vers les monts où, peut-être, il ne retournerait jamais plus; et, d'impatience, il allumait pipe sur pipe pour en secouer aussitôt les braises dans sa main; et, de son cœur, montaient de vieux mots agressifs qui revolaient dans la brunante comme des étincelles.

Josime, impitoyablement, jusqu'à la nuit noire, tournait dans le même champ, sans cesse.

Il s'arrêtait après avoir parlé de ses fils qu'il mettrait tous en lieu de vivre sur le vieux bien, sur sa concession des Frênes, sur son beau plan de terre du pied des monts dont il racontait avec une sorte d'extase que c'était la graisse de la montagne, charriée par les eaux du printemps, qui lui donnait son foin à verse.

Puis, il s'en allait de son pas d'homme tranquille, sans autre souci que de lire ce que les étoiles disaient du lendemain.

Avant de rentrer, Menaud écoutait, tristement, sur le seuil de sa maison. Quand l'air était de l'est, une rumeur montait de là-bas, par vagues, inondant toute la nuit de Mainsal. C'était la voix funèbre de la rivière qui tue les enfants qu'on aime.

Lorsque le temps sort des marécages et passe au beau, on sème ses patates. Le voisin fait aussi les siennes, dans le jardin d'à côté.

On part dos à dos, on revient face à face, en suivant le sillon.

Puis, on fait halte à la clôture, on allume, on devise, on se passe les nouvelles : c'est la loi.

La femme à Pierre guettait l'adon depuis longtemps.

Elle amena son histoire de loin, puis lança :

« Marie fait parler d'elle… »

Menaud, tête basse, se mit à frapper à coups de botte son piquet d'appui.

— Bah ! des chipoteries, dit-il. As-tu autre chose à me dire ? Tu sais bien que ce plomb-là n'entre pas dans le cuir à Menaud.

La femme s'était fait un éventail de son tablier.

Les mouches noires bouillonnaient dans la marmite du grand soleil.

— Crois-le, crois-le pas, reprit-elle, le Délié s'est vanté à la porte de l'église, hier, qu'il se mariait avec ta fille, après les récoltes.

— C'est vrai, dit Pierre, en dégraissant ses bottes sur un pieu de clôture.

Cette fois, le coup avait porté droit au cœur.

— Sapregué ! dit Menaud, qui vivra verra.

Il saisit sa bêche, referma à la hâte son dernier sillon sur les germes, passa sa chaudière dans le manche de l'outil, et piqua droit à la maison avec cette ferraille qui lui sonnait sur le dos comme une cloche en colère.

À l'abord, il ne voulut rien laisser paraître à Marie.

Mais les bêtes et les choses qui se trouvèrent sous son poing goûtèrent à son humeur.

Les jarrets durs, il mordait la terre à pleins clous de bottes. Il allait du hangar à l'étable, de la remise à la grange, sans dessein de travail, mais pour le seul besoin de faire sonner haut tout ce qui lui tomberait sous le poing. Mais partout où il trouvait à s'asseoir, il s'effondrait, le pauvre! et le cœur lui débattait à l'idée de ce mariage qui s'en venait détruire le dernier espoir de son sang.

Ce soir-là, il fixa des yeux étranges sur Marie, repoussa sa soupe, s'en alla dans la chambre à Joson, prit sa bougrine et, son feutre sur les yeux, sortit sans parler.

Marie, tout en peine, courut à la fenêtre.

Elle vit qu'il tirait par les aulnes, derrière les bâtiments, pour gagner le chemin des vaches qui longe le ruisseau.

Quelques minutes plus tard, il émergea des feuilles, gravit la colline de la Miche.

Il s'était arrêté derrière la butte, sans doute, car sa tête, un instant, parut immobile et semblable à celle d'un ours qui guette une bergerie.

Marie eut peur: ce qui menaçait ainsi, c'était son père, celui qu'elle aimait de toute sa tendresse depuis le dernier malheur surtout.

Et les souvenirs de son dévouement montaient par le sentier des vaches eux aussi, et rythmés de sanglots, comme un reproche contre le geste que son père faisait là.

C'était pour lui qu'elle avait tenu cette maison dans l'ordre et la lumière; pour lui, qu'elle avait contraint sa jeunesse à des habitudes de vieillard ; pour lui, qu'elle s'était appliquée à tout adoucir des choses qui pouvaient heurter cette nature farouche et libre ; pour lui, qu'elle s'était enfermée dans cette vie solitaire comme en un cloître, pour ne rien troubler du calme et du silence dont la douleur de son père avait besoin...

Il n'aimait point le Délié.

C'était sa bête d'aversion.

Mais qu'avait-elle pu, elle-même, la pauvre, contre ce grand gars qui l'avait prise par la violence d'un charme émané de ses regards, du sang de son visage tumultueux, de sa force, de sa démarche même et dont les instances avaient éveillé en elle des choses qu'elle ne comprenait pas encore.

Elle avait, bon gré, mal gré, donné son consentement pour l'automne, mais elle s'était réservé d'en parler à son père ; elle avait espéré qu'elle le réconcilierait peut-être avec celui à qui elle s'était promise.

C'était déjà l'heure où s'arrête le travail des champs. Le soir était tout plein de longs appels chantés, de meuglements de vaches, de pas de chevaux qui dévalaient lourdement les pentes et faisaient sonner les chevilles de fer de leurs colliers d'attelage.

Menaud avait disparu là-bas.

Quelques instants plus tard, Marie entendit un homme qui sifflait une chanson dans le grand chemin. Elle reconnut la voix, fit la muette.

Le Délié fouillait lentement, de son regard, le silence de la maison grise.

Quand il eut dépassé, vite, elle se coiffa d'un châle et se sauva chez le voisin par le raccourci.

Il y avait au bout de la terre à Menaud une cambuse qui lui était chère autant que la prunelle de ses yeux. Son père l'avait bâtie. Menaud se rappelait la meule qu'il avait tournée, tournée, et l'éclair de la grand'hache sur les plançons de pin. Lui, en souvenir, il avait entretenu cette relique, remplacé les dalles de la couverture, rebouché les fentes que le vent d'hiver s'amuse à décalfeutrer.

Il y avait de tout là-dedans : ferrailles, vieux boulons, tarauds, paquets de broche pour les radoubs d'urgence, pièges de chasse et jusqu'aux baguettes de frêne dont Joson faisait les fûts de ses raquettes.

C'était la retraite à Menaud. Il s'en venait là, par les beaux dimanches d'été, se remplir l'âme de sagesse et de paix.

Il commençait par un bon somme sur sa litière de sapin, s'installait ensuite sur une bûche, bien en vue, et là, il s'ouvrait le cœur au bleu profond de la montagne, aux champs, aux bois.

À trois heures, un vent de cloches soufflait du côté des Frênes. C'étaient les vêpres, et cela houlait, le grand Magnificat de la Vierge et le magnificat des blés, des foins luisants et de toutes les choses humbles et pures, depuis Miscoutine jusqu'à la montagne à Philémon.

Menaud s'acquittait alors de ses Ave, pour revenir, au baisser du soleil, la tête froide, sereine et du bon pas du vieux temps.

Mais, ce soir-là, n'étant pas d'équerre, comme on dit, il brusqua la porte de sa cabane, et comme il faisait brun, déjà, il tâtonna vainement pour retrouver son bougon de chandelle et partit à sacrer contre les mulots.

Dehors, il se demanda ce qu'il était venu faire avec ses pensées de violence, lui, vieillard rabougri, dans cette fête de printemps.

De partout s'exaltait la rumeur des choses qui ne veulent plus s'arrêter de croître, montaient le cantique de joie, le cri de liberté des champs, des bois, des montagnes...

En bas, s'allumaient les maisons de Mainsal.

Ils en étaient rendus là, à ne plus rien comprendre de ce que disait la voix des morts, à trahir les saintes alliances de la terre, à se laisser dépouiller comme des vaincus, à consentir, dans leur propre domaine, à toutes les besognes de servitude, à vendre même l'héritage contre le droit des enfants et les contrats du passé.

Oui! il irait, avant longtemps, le prendre à la gorge, ce Délié, pour lui faire sentir, dans sa chair de lâche et de vaincu, qu'il n'aurait pas sa fille.

Parce que lui, Menaud, devait à ses pères de ne pas abâtardir sa race.

Cela, il le devait aussi à Joson, mort au moment où il allait pousser son cri de liberté sur toutes les hauteurs de l'héritage.

Il le devait à la terre qui avait donné, depuis trois siècles, le meilleur d'elle-même pour que la race fût forte, hardie, vaillante, souveraine.

Pas de croche dans la ligne! Non! jamais! Cela c'était le devoir de son sang.

Le sillon avait été tracé ainsi, droit, d'un trécarré à l'autre de l'immense pays.

Avant qu'il fît noir à plein, Menaud quitta sa retraite, longea la lisière des arbres, caressant les feuilles qui, toutes humides, léchaient comme des bêtes familières.

Il trigauda par les souches jusqu'à l'abatis qu'il avait préparé, avec Joson, l'automne d'avant. Il y fourra un bottillon d'écorces, puis alluma. La flamme soudain jaillit, grésilla les sapinages.

Cela réjouissait ses yeux.

Il allait, venait, tout autour, parlait seul, jetait au feu, au travers des branchages, toutes les rancunes de son sang : et ce spectacle soulageait dans son cœur son besoin de violence.

Cela se ferait un jour, partout ! On verrait ce signe s'allumer sur toutes les buttes de l'immense pays !

Ce drapeau vivant et clair jaillirait du sol pour le ralliement de race !

Il serait le signal de la délivrance. Le peuple briserait les liens dont la trahison, la veulerie l'avaient chargé !

Toutes ses énergies se relèveraient pour un avenir de liberté !

Vers les onze heures, Menaud rabattit son feu et, lent, parmi les ténèbres, reprit le bord de la maison.

Il s'arrêtait de temps en temps pour goûter l'air de la nuit tiède qu'aromatisaient les résines sauvages, le baume des peupliers et les senteurs chaudes descendues du brasier.

Et la lune se levait là-bas, rouge comme la gueule d'un four.

Lui, du clan des loups de bois, jamais il n'avait tant aimé la terre, toute la terre de son pays, mais surtout cet âpre rang de Mainsal, décrié par tous les laboureurs de glaise ; jamais il n'avait tant aimé ce sol jaune où il avait pris souche, ce sol libre parmi tous les sols, avec ses champs isolés les uns des autres par les haies de ses mascots et de ses cerisiers, tous à contrepente l'un de l'autre, et jaloux, chacun, de dire, en secret, son mot au soleil, à la pluie, fiers, chacun, d'avoir sa petite enclave de terre à blé, de pacage, de jardins, pourvus, chacun, de ses bouleaux pour le feu d'hiver, de ses aulnes pour le four, le lien ou la tisane, de son abatis pour le seigle d'automne, de sa barbotière à pirons, du vif argent de son ruisseau, du saphir de ses bleuets, de sa talle odorante de framboisiers.

À travers tout ce domaine, allait la vieille route aux ornières, point raide ni pressée, mais souple comme une chaîne de danse, et dépliant ses révérences et ses détours au hasard des buttons et des baissières; et, bordant la route, toutes les maisons qui, dans les creux ou sur les buttes, bourdonnaient gaîment.

Menaud ne se souciait plus guère de sa couchette. C'était le temps de lier bonne gerbe à cette heure où la solitude, le silence, la paix rendaient à plein.

Il obliqua vers la mare à Josime, marcha dans la rosée des joncs neufs, jusqu'au bord où les grenouilles, par intervalles, muettes, buvaient leur lait de lumière, ou, soudain, toutes ensemble, poussaient une clameur qui vibrait jusqu'aux sillons lointains.

Tous ces rites des semailles où, dans la grande nuit de printemps, alternaient les parfums, les voix, la clarté de lune et d'étoiles, étaient frères des cérémonies saintes, rappelaient l'encens, les cantiques, les cierges.

Ils avaient, comme les rites d'Église, façonné l'âme des laboureurs, établi, au cours des siècles, un parfait accord entre les mœurs de l'homme et la vie des champs.

Ils prêchaient la confiance dans le calme, enseignaient la valeur du travail et le prix du repos, révélaient des lois saintes, immuables, tranquilles, dans le bénéfice desquelles on entrait dès qu'on avait promis à la terre son labeur et sa fidélité.

En somme, tout cela, tout autour, dans les champs et sur la montagne, assurait qu'une race fidèle entre dans la durée de la terre elle-même...

C'était là le sens des paroles : « Ces gens sont d'une race qui ne sait pas mourir... »

On avait survécu parce que les paysans comme Josime, les coureurs de bois comme lui-même, s'étaient appliqués, d'esprit et de cœur, les premiers, aux sillons, les autres, à la montagne, à tout le libre domaine des eaux et des bois.

Les paysans avaient appris de la terre la sagesse lente et calme, la volonté tenace de parvenir, la patience des lentes germinations, la joie des explosions généreuses de vie.

C'était sur la terre féconde, parmi les gerbes, qu'ils avaient pris le goût des berceaux pleins d'enfants.

Les coureurs de bois, eux, avaient conquis sur la forêt elle-même leur hardiesse au milieu des périls, leur endurance à la misère, leur ingéniosité dans tous les besoins.

Ils s'étaient fait une âme semblable à l'âme des bois, farouche, jalouse, éprise de liberté ; ils s'étaient taillé un amour à la mesure des grands espaces. Ils avaient tous, depuis les lointaines et prodigieuses randonnées des leurs, dans le passé, un orgueil de caste et comme un droit d'aînesse sur le sédentaire des champs.

De tout cela, rien n'eût été possible sans un instinct de possession né de la vie elle-même.

C'est cet instinct qui avait poussé tant de héros jusqu'aux limites des terres de ce pays, entraîné tous les défricheurs à poser, sur les droits de découverte, le sceau du travail et du sang, mis toutes les volontés en marche de conquête, emporté toutes les énergies jusqu'aux confins du domaine.

Posséder! s'agrandir!

Pour une race, tout autre instinct était un instinct de mort.

Ennemis, les frères que cet instinct ne commandait plus; ennemis, les étrangers qu'il commandait contre nous!

Posséder! s'agrandir!

Tel était le mot d'ordre venu du sang, tel était l'appel monté de la terre, la terre qui, toute, dans la grande nuit de printemps, clamait: «Je t'appartiens! Je t'appartiens! par le droit des morts dont je suis le reliquaire sacré, par tous les signes de possession que, depuis trois cents ans, les tiens ont gravés dans ma chair!»

L'ombre était maintenant diaphane; et, là-bas, à travers les bouleaux de cime, l'aube commençait à blanchir.

Menaud contourna la mare, claquant de la semelle, ici, dans les foins bleus, là, dans les roseaux verts.

Il avait le cœur gonflé de mille choses ineffables, comme si toute la vie du printemps y eût versé ses tumultes, ses élans, la force obscure de ses germinations.

Il rentra chez lui sur une griffe, gagna le bord de sa couchette et s'y étendit tout rond.

Il aurait eu faim de dormir; mais il se sentait la tête en serre dans sa maison, et l'esprit lui vibrait comme une lame dans l'étau.

Vers les cinq heures, il se leva tout d'une pièce, prépara la pâtée de ses cochons, fit son ménage et, de retour, se tailla une grillade dans le gras d'une bajoue.

Ensuite, il prit son thé, la tête dure et tenace dans le courant de lumière tendre qui coulait du matin.

Il vit que sa fille avait pleuré. Elle ne parlait pas, et cela lui pinçait le cœur.

Le deuil de Joson était bien assez lourd sans ce silence…

Il eût fait mieux de parler, de vider, une bonne fois, le sac à chicane. Marie saurait tout comprendre.

Mais, comme s'il avait eu peur de faiblir, il s'avisa de prendre le large une seconde fois, pour bien mûrir son prône à la fiancée.

Il jeta dans son sac un quignon de pain, quelques grillades, sortit sa perche à truites, piocha des vers, et hue! sans dire bonjour ni rien, il prit la route du Grand-Lac.

Le jour était chaud déjà et l'air, à la fête. Menaud, après avoir en vain deux ou trois fois battu son vieux briquet de colère, dut s'apaiser un peu à la vue des cerisiers et des sureaux dont les sèves trop longtemps contenues par l'hiver, éclataient au soleil.

Et donc, par le chemin d'amour, de fleurs et d'oiseaux, par le chemin qui contourne les collines et, nonchalamment, muse de cavées en raidillons, Menaud atteignit la grande place de l'eau.

Il obliqua vers les pins, à travers les sables jaunes, et poussa sa barque vers les roseaux du Mitan.

Hé! diable! il avait la touche forte, comme on dit. À chaque coup, la proue se mâtait et, derrière, ondulait la queue du sillage, avec des verts et des bleus comme celle d'un paon.

« Il y a du bougre! » fit Menaud…

On voyait, au-dessus des joncs, se mouvoir comme la brimbale d'un puits. Un pêcheur était là.

Menaud alarguait déjà vers les aulnes du Gagouët, où il pourrait être seul, lorsqu'il reconnut le Lucon qui, debout, lui faisait signe.

— Pas de chance! la truite est au fond des herbages, dit le jeune homme. Nous fumerons. Menaud s'approcha.

Le visage d'Alexis lui plaisait, son courage surtout! Le souvenir de la Noire, celui de la pêche au cadavre de Joson dans la fosse glacée, cela ne s'oublierait pas de sitôt.

Lui, du moins, n'était pas de ces lâches prêts à troquer pour quelques piastres tous les trésors de l'héritage, de ces dégénérés contre lesquels s'élevaient le passé, les champs, les bois.

— Rien de neuf? demanda le Lucon... Et Marie?

Un petit air de vent frôla les roseaux secs et fit comme un frissonnement de libellules lorsqu'elles se poursuivent d'amour, dans les prêles.

Menaud haussa les épaules et regarda affectueusement le jeune homme qui tordait un chaume de quenouille, pour la contenance.

Il y eut un silence durant lequel, sous la chaleur qui piquait le sang au vif, des bœufs traversèrent les aulnes, descendirent flairer l'eau; et, tandis qu'elle leur coulait aux mufles comme des fils d'argent, ils beuglèrent tous, les dents sorties, vers les vaches de Miscoutine.

— Retournes-tu là-bas? demanda Menaud.

Là-bas voulait dire la rivière, la glane qui se fait sur la fin des draves.

— Non, répondit le jeune homme. Non! Je penserais à Joson, à cœur de jour. C'est bien terrible comme je m'ennuie de lui.

— Qu'est-ce que tu comptes faire entre ci et les chantiers?

— J'ai dessein de prendre le large, — le Lucon se mit à bredouiller, — vers l'Ouest, bien loin... chez les sauvages... Il paraît qu'il y a de grandes rivières dans les Pays-d'en-Haut et de la pelleterie en masse. Ici, bédame! Cela se dit qu'on va perdre...

Il désigna la montagne qui décorait tout le pays d'alentour comme un feston d'émail bleu au bord d'une faïence.

«Le Délié, continua-t-il, est parti d'avant-hier avec des étrangers qui veulent tout avoir. Avec de l'argent, ils l'auront bien. Lui, il aura la garde... mais nous autres...»

Nous autres, cela voulait dire: nous, les héritiers, nous subirons la loi des traîtres!

Menaud s'était levé tout grand debout et, la main vers les monts:

— Cela, non jamais! Non jamais! dit-il.

Puis, enfonçant ses regards dans les yeux sombres d'Alexis et jusque dans la profondeur du sang où frémissaient toutes les forces de combat:

— Veux-tu? lui demanda-t-il.

— Je le veux, répondit le jeune homme.

Alors le Lucon se rappela ce qu'il avait entendu, une nuit, au bord de la grande rivière.

«Reprends le sentier de tes pères et marche! Avant partout!»

Et sur son cœur, la lettre jalousement conservée, la lettre où Marie, l'automne d'avant, avait tracé pour lui les signes cabalistiques des amours paysannes: des entrelacs de cœurs et des croix, la lettre qu'il croyait morte pour toujours se remit à battre.

Aussitôt, tous deux piquèrent du côté de Mainsal, l'un, vers la justice et l'autre, vers l'amour.

Chapitre VI

À la Sainte-Anne, les bleuets sont mûrs. C'est le raisin de chez nous ; c'est le fils du feu ; du sol humble et pierreux, c'est l'offrande ; c'est le miel des crans sauvages, le frère des éricales dans le royaume infini des sphaignes et des tourbières.

Alors, en juillet, gourmandes, les belles grappes se gorgent de soleil et de sucre, et ressemblent à des œufs de merle dans le nid des feuilles glabres.

Alors, partout où la charrue ne peut aller, dans toutes les solitudes lointaines et les savanes sans fin, roule la vague opulente et joyeuse des airelles bleues.

C'est la richesse du pauvre, le présent de notre terre à nous, sa douceur, son fruit d'amour.

Alors, les oiseaux grappillent tous au festin des bleuets ; et, gavés, le long des jours chauds, s'endorment les ours, le museau dans les talles.

Les piqueurs de gomme qui suivent le flot d'or des sèves dans les fûts de la sapinière, descendent à midi dans la douceur des grappes, et s'empiffrent en faisant rouler dans leurs mains gommeuses les baies tièdes et sucrées.

Et les enfants s'en donnent à la régalade, et se disputent les plus belles ; et, criant, se soûlent de fruits et se barbouillent comme des vendangeurs.

Alors, les bleuetières, on les voit aussi se fleurir de filles brunes au large chapeau sous lequel — ah! les coquettes — brillent, comme deux bleuets de velours, des yeux amadoueurs; et, parfois, à la même grappe, les doigts entremêlés, le beau gars du voisinage et la cueilleuse se parlent à l'abri du mélèze odorant...

Mais quand approche l'importun, le merle et la merlette, ah! vite, vite, s'éloignent... et, confus, laissent voir... plus de rouge au visage que de bleu dans l'écuelle...

Ce matin-là, Marie sortit vers les jardins des hauts où tallent les bleuets parmi les roches barbues de lichens et les crans austères.

Bah! vêtue tout ainsi, la fille! Jupe grise, matinée d'indienne et souliers de beu'; mais alerte et bien en sève, et telle qu'autrefois les femmes de ce pays allaient aux champs.

Le cœur du jour était chaud. Et les veillottes au soleil fumaient comme des cassolettes; et les taurailles cherchaient l'ombre des aulnes, et de leurs queues fouettaient la nuée des mouches.

Au bord du bois, pour se rafraîchir, la cueilleuse s'assit, là, sous l'ombrelle claire d'une plaine; et, pour éteindre sa gorge, une source lui versa gaiement une rasade glacée.

Ensuite, pars à la cueillette! Et les fruits tombaient; et, tin! tin! sonnait le fond du vaisseau; et, tire! tire! la fille allait à merveille, et d'avance comme on dit.

Mais, de temps en temps, il fallait bien se relever; et, aïe! aïe! les reins! Alors, du haut de la butte aux bleuets, Marie pouvait voir tout Mainsal et ses prolongements jusqu'aux montagnes.

Elle regardait la terre avec tendresse, prête, comme tous ceux de sa race, à oublier les rigueurs du long hiver pour un bon coup de soleil bu parmi les fruits de l'été.

Dans ce pays-là, on n'était pas riche ; mais on y respirait le bon air ; et, toujours, le vent y faisait tourner quelque parfum, soit des bois, soit des champs. On vivait loin des autres ; mais, aussi, loin de la poussière des grandes routes, et plus libre que ceux des villes.

Pas riche, non ! Mais on y buvait un lait portant son doigt de crème ; mais les légumes y étaient sucrés comme des fruits, et la chair des animaux vous avait un goût venu, peut-être, de l'abondance des rosées ou bien de l'eau des sources où les troupeaux vont boire.

Son tour d'horizon parcouru, Marie se raccroupissait suivant l'adon des talles ; et, recueillie, tout comme on fait un rosaire, elle égrenait ses grappes.

Ah ! sur le lait du grand bol de faïence, flotteraient, au souper, les grains de saphir ; et son père... peut-être... lui dirait que c'est bon ; et peut-être... aussi, dans la maison grise, reviendrait le temps heureux où l'on se parlait même lorsqu'on n'avait rien à se dire.

Ainsi trimait la cueilleuse, lorsqu'en arrière, elle entend un froissis de feuilles et de branches. Elle se dévire et, bonne sainte ! le cœur lui débat et le sang lui monte au visage : le Délié était là, en pleine talle, à ses côtés !

— Ah ! bien, va-t'en, dit la fille. Si on nous voyait ainsi, entends-tu le monde ?

Et le galant :

— C'est un pur adon. Je marchais, comme ça, à l'aventure... quand je t'ai vue.

— La belle défaite que tu te donnes, dit la cueilleuse.

Mais le Délié ne le prend pas sur ce ton. Il est là, tout rouge comme une flambée, et violent.

À l'entendre, il en avait plein le dos de tout ce qui se cancanait contre lui.

Il irait à la maison, bientôt, pour l'affaire du mariage…

Quant au Lucon, une ! deux ! avant longtemps, il lui règlerait son compte.

La pauvre fille, de son tablier, s'était voilé le visage et cachait ses larmes. Alors, le Délié, faisant son doux, se mit à entonner des versets d'amour et à parler de ses projets.

Bientôt, il serait le maître de tout cela…

Il désigna la montagne dont les murs bleus faisaient comme un rempart derrière les champs et les bois.

Les étrangers devaient louer bientôt tout ce domaine. Mais lui, il en aurait la garde.

Ah ! ah ! il partit à rire et à montrer déjà ses crocs de gardien.

« Je leur vois la face aux gens de Mainsal ! » dit-il.

Et rogue, le poil droit, il s'était tourné vers en bas, et vous lançait les injures à pleine gueule contre tout le clan des siens.

Ainsi, l'automne, lorsque chacun reviendrait, par son chemin, rouvrir sa cabane, lui, le Délié, serait là pour dire :

« Va-t'en ! »

Ainsi, lorsque chacun voudrait piéger aux endroits de chasse qu'ils se transmettaient de père en fils, lui serait là pour dire : « Dehors ! Cela ne vous appartient plus ! »

Alors, dans son cœur, la cueilleuse se souvint des paroles tristes qu'elle avait lues à son père un soir :

«Des étrangers sont venus! Ils ont pris presque tout le pouvoir; ils ont acquis presque tout l'argent.»

Elle n'osait parler, la pauvre. Mais, la main dans les fruits, elle roulait les grains bleus, pieusement, comme si elle eût récité des Ave pour sa protection.

Puis, des yeux, elle interrogea cet homme qui lui parlait une langue qu'elle n'avait jamais entendue dans la maison de son père ni ailleurs.

Lui, s'étant approché:

— J'aurai de bons gages, dit-il, et nous serons heureux...

Marie regarda les champs où les hommes s'affairaient autour des veillottes comme des abeilles autour des ruches, les cadres paisibles des avoines et des blés dans toute la force du vert, ceux des pacages avec leurs cairns de roches: simples monuments dressés en souvenir des mains qui s'étaient usées, des reins qui s'étaient rompus depuis des générations et des générations à nettoyer la face de cette terre.

Dans le pendant, à droite, elle regarda l'abatis de Joson, avec ses cailloux entassés par le grand frère et qui ressemblaient à des œufs dans la corbeille des ronces.

Plus loin, là-bas, c'était la haute muraille, c'était le grand fief de chasse que Marie ne connaissait pas, mais où, d'après les dires de son père, régnait ce qu'il y a de plus beau sous le soleil: la liberté.

— Alors, c'est bien vrai que les étrangers auront tout cela? demanda-t-elle, en indiquant la montagne au Délié.

— Oui, ils en sont revenus l'autre jour en le disant. Mais moi, j'aurai la garde.

— Et ce sera fermé pour nous autres?

— Oui...

Alors, elle eut honte de paraître avec lui trafiquer de l'héritage. Une voix, dans la profondeur de son sang, demandait à crier :

« Tu n'es qu'un traître. Va-t'en ! Je te méprise. » Mais elle eut peur.

— Maintenant, dit-elle, il faut que je m'en aille.

On voyait, çà et là, les faneuses descendre des champs vers les maisons, et les vaches revenir vers les enclos de traite.

Elle retira sa main qu'il avait prise, et se libérant de cette présence qui commençait à troubler le fond de sa chair :

— Bonsoir, dit-elle.

Et vivement elle disparut derrière une bouillée de plaines et dévala par les longues pentes.

Menaud, lui, avait battu le fer depuis que, dans les roseaux du Mitan, il avait levé le poing de la révolte.

Il s'était mis en marche avec le Lucon, tirant des étincelles de tous les cailloux du grand chemin, muni de colère et d'une bonne provision de mots propres à fouailler tout le clan des lâches et à les entraîner sur le sentier de guerre.

Le Lucon avait pris par les Frênes ; il parcourait les plateaux, les buttes, les fonds, depuis la côte à Gobeil jusqu'à l'escarpe de Miscoutine.

Il partait au baisser du soleil, se racolait quelques jeunesses, et hourra ! par le grand chemin.

Il entrait dans toutes les maisons ; et lorsque le temps était chaud et qu'on veillait dehors, entre pipe et prière, il faisait son discours, fouettant son auditoire d'un bras, et l'autre, tendu vers les montagnes qu'il défendait.

Alors, tout s'arrêtait et jusqu'aux cardes et rouets des femmes pour entendre le jeune homme; et, quand il était passé, on se groupait aux barrières, et tous les yeux se tournaient vers là-bas, vers les monts, comme vers une chose qui s'en irait on ne savait où... quelque part, loin de Mainsal.

Quelques vieux terriens disaient: «Bah!», ne voyant, en cette histoire, rien au delà de leurs clôtures. Les autres sentaient bien que c'était une partie du patrimoine qui s'en irait encore aux étrangers; mais en face des moyens à prendre, ils finissaient par deviser du temps, le doigt sur la cendre de leurs pipes.

Et le Lucon s'en revenait à la nuit, sombre parmi les maisons noires, les chiens jappant à son passage comme au maraudeur.

Menaud, lui, s'était réservé tous les pendants du Grand-Lac, le pied des monts, Cachette-Aubin, le rang des caribous, toutes enclaves séparées les unes des autres, toutes chantournées en plein bois, par la charrue, selon la ligne des crans ou le bord des fondrières.

Là, règne le clan sévère des loups de bois.

Quand revient le soleil, ils s'astreindront bien, pour quelques jours, au travail de la charrue, de la faux ou du javelier; mais, arrive l'automne, ils redeviennent ce qu'ils sont depuis toujours: chasseurs infatigables, braconniers qui se coulent vers les anses des lacs à l'heure où l'on ne se reconnaît plus, tendent leurs rets dans les frayères et, comme des araignées, se blottissent jusqu'au petit jour dans la guette des aulnes.

Tous ces batteurs d'eaux et de montagnes, Menaud les connaissait comme ses bottes. Il était dans le secret de leurs repaires, de leurs mauvais coups, de leurs équipées dans les neiges de décembre et sur les croûtes du printemps.

De sa cabane à lui, il les entendait, l'automne, quand ils venaient chasser l'orignal et meuglaient dans leurs burgaux d'écorce pour appeler les mâles en rut.

Avec eux, pas de cérémonies pour aborder le sujet.

Menaud, suivant l'adon, parlait dans l'abatis, le pied sur la souche, dans le champ, dans l'écurie ou la grange, à voix basse, comme pour un complot de chasse.

L'affaire des étrangers dans la montagne ne les énervait point.

C'était partout la même réponse, faite en montrant les crocs :

— Le bail… la loi… Bah ! on se fiche de tout cela comme des vieilles lunes ! Il n'y a que le bon Dieu…

Et Menaud revenait à la nuit tombante ; et dans le chemin d'ombres touffues, il pensait tout haut, et maudissait le sol jaune de n'avoir poussé que des hommes de rien… « du bois d'esclave ! criait-il, du bois d'esclave ! »

N'empêche qu'à la fête de sainte Anne, il fut question des étrangers, de la montagne et même du Délié :

— Apparence, dit l'un, qu'on va perdre les Hauts.

On a beau dire, c'est choquant ; tout s'en va aux mains des étrangers.

Les autres répétèrent :

— T'as raison ; c'est choquant ; tout s'en va.

— Faudrait essayer tout de même…

Un politicailleur cria :

— Faudrait parler de cela au député...

— Y aura-t-il un peu de graisse, là-dedans! lui lança un malin.

La farce dérida tout le monde et le peuple se dispersa.

De tout ce temps, Menaud n'était pas sorti de l'église. Après la vénération de la relique sainte, il avait regagné son banc.

Il avait tant de choses à demander, pour les âmes surtout, pour celle de sa femme qui avait tant prié, là, la tête dans ses mains, toute en Dieu, tandis que se déroulaient les cérémonies et les cantiques.

La défunte était pieuse; il fallait la pousser du coude, et lui chuchoter que c'était le temps de partir, lorsqu'à la porte de l'église, Joson criait à son cheval: wô! wô! Rié don!

Joson! Joson!

Menaud revit la pauvre tombe, là, parmi les cierges; et tout le chagrin où il s'était débattu comme une bête dans le piège lui revenait au cœur.

Joson! dont il aurait eu tant besoin dans la gatte de misères et de peines qu'il traversait là.

Maintenant, il était bien seul... avec, comme tout support, une fille qui voulait trahir le sang!

Il s'était engoncé dans l'encolure de son habit pour cacher les larmes qui lui venaient; et tout ce chagrin était mêlé de prières faites à la bonne Sainte des malheureux.

Il sortit, prit à droite vers le cimetière, s'agenouilla quelques instants sur la jetée fraîche; et s'étant relevé après avoir pris conseil des morts, il rencontra Marie.

— Je te cherchais, dit-il. Mais la fille comprit au rouge de ses yeux qu'il avait pleuré.

À ce point du retour d'où son regard pouvait plonger vers Mainsal, dès qu'il vit les champs, les bois, les lacs et, là-bas, le grand frontal bleu de la montagne, Menaud arrêta sa bête, et montrant ce qu'il avait sous les yeux:

«Pour défendre tout cela, je donnerais ma vie», dit-il à Marie.

Cette parole avait presque la solennité d'un serment. C'était la résolution qu'il avait prise entre ses prières lorsque sa tête s'était penchée sur son cœur; c'était la promesse qu'il avait faite à ses morts.

Il enfila la descente au grand trot, félicita la mère Gagnon de la belle venue de ses gourganes, puis: «Marche-donc, toi!»

Le cheval excité rattrapa les dernières voitures, les plus lentes, celles qui ramenaient les infirmes et les malades.

Le cortège avait pris par les longs bords du lac. Alors, on entendit une voix qui chantait, de ferveur, le vieux cantique de la fête:

Daignez, sainte Anne,
En un si beau jour,
De vos enfants, agréer l'amour.

Tandis que deux canards effarouchés tiraient vers le large, les bêtes qui flairaient l'eau s'étaient mises au pas.

Ainsi marchait la file dolente dans la douceur de ce jour d'été; et, recueillies, les âmes goûtaient les divins apaisements apportés de la fête; et, sur leurs enfants, se penchaient les femmes, consolées par la résignation sainte.

Menaud, qui avait reconnu la voix du chantre, toucha des rênes et, rouant les aulnes et les cerisiers de bordure, dépassa le cortège, cria au Lucon de venir veiller avec sa musique, et clic! clic! disparut dans un tourbillon de poussière vers le moulin de la Régane.

Cette invitation pour le soir! Après les deux souvenirs funèbres du matin!

Ainsi songeait Marie, tandis que, distraite, elle tressait les torons noirs de sa chevelure.

Et les pensées se heurtaient dans son cœur tumultueux.

«Passé les récoltes», avait-elle dit au Délié.

Elle regarda les avoines qui frémissaient dans le vent, tiges légères qui portaient son sort et que, pour la première fois de sa vie, elle aurait peur de voir mûrir.

Alors, elle se mit à regretter d'avoir confié cette échéance aux lois inflexibles de la terre.

Depuis le jour où, dans le jardin de bleuets, elle avait vu le Délié, hérissé comme un loup, montrer ses crocs contre les siens, il lui venait des désirs de retarder ce mariage, bien au delà des granges pleines, au delà des neiges, au delà...

En somme, ce Délié, c'était l'homme qu'on rencontre partout sans qu'on sache d'où il vient, celui qui passait pour se chauffer au bois de lune et rôder, dans les broussailles de l'ombre, autour du bien d'autrui.

En outre, un autre amour était né en elle depuis qu'en face de son pays, le Délié avait osé dire: «Les étrangers auront ce domaine; et moi, j'en aurai la garde...»

«J'aurai de bons gages, avait-il ajouté, et nous serons heureux...»

Mais quel serait ce bonheur acheté au prix d'une trahison ? Quel fardeau que la haine de tous les siens et le mépris de son père !

Alors, elle se mit à besogner grand train, allant partout où la menaient ses habitudes, du buffet à la table, de la table à son feu.

Et parfois un geste brusque trahissait les combats de son cœur ; elle se redressait de tout son corps, comme si elle eût voulu se défendre contre une présence invisible qui l'assaillait.

Car cette image lui revenait toujours du grand gars aux yeux troublants ; et c'était vers lui que tous les désirs de sa chair penchaient d'eux-mêmes quand la volonté ne les retenait pas.

Au milieu de toutes ces vicissitudes de son cœur, et comme si elle eût voulu s'en remettre au hasard pour une décision qu'elle n'osait prendre, elle tirait des moindres signes les pronostics de sa destinée.

Ainsi allait-elle tour à tour pensive ou joyeuse ; et sur son visage passait tantôt l'ombre, tantôt la lumière comme sur les coteaux quand défile, dans les prairies de soleil, le cortège des nuages d'automne.

L'ombre foisonnait déjà dans les broussailles lorsqu'elle entendit son père saluer les veilleux : « Salut Josime ! Salut Francis ! »

Les trois hommes restèrent dehors, car la soirée était chaude. Ils s'accroupirent au ras de l'herbe, là où coulent la première fraîcheur et les parfums que le serein ravive.

Les visages étaient graves ; les mots, rares, comme il arrive dans les conversations paysannes autour d'un danger commun.

On eût dit, à voir les têtes penchées, qu'elles écoutaient des paroles venues de la terre elle-même.

Marie sortit pour voir la dernière charretée de foin qui passait dans la brunante.

Tout juste arrivait le Lucon.

Il avait bel air : foulard de soie au cou, violon sous le bras, faraud comme aux noces quand il allait frotter la chanterelle pour divertir la mariée.

Il dit bonsoir à la compagnie, entra ; et, content de trouver un geste pour exprimer ce qu'il avait au cœur :

— Tiens, dit-il à Marie, c'est un souvenir de Joson. Lui avait trouvé le bois, moi, je l'ai taillé...

Et il lui présenta un gobelet où il avait sculpté, dans la chair d'une loupe, des fleurs, des fruits, puis le symbole de sa soif à lui, sans doute : deux cœurs entrelacés.

Marie tourna longuement le présent dans ses mains, et se mit à rougir.

— Merci, dit-elle ; j'y boirai souvent ! Mais, dis-moi sur quel arbre...

Et le jeune homme :

« Bien loin, dit-il, quand on a monté très haut dans l'escalier de la verte montagne, il y a une forêt de bouleaux tourmentés par le vent.

« Par une gorge d'enfer, entre deux parois à pic, s'engouffre le vent ; et, sous les lanières cinglantes, les arbres tordus et d'écorce rouge ressemblent à des suppliciés.

« C'est le pays où l'air est frais comme une source et l'eau, pure comme l'air. Là, croissent les gadelles poilues et les viornes, et sur les crans austères brillent les rubis de la canneberge. Jardins mystérieux ! retraites inviolées ! où, sur le silence des mousses, sans crainte, le caribou mène la vie limpide des cimes.

« C'est là qu'un jour, en passant dans la boulonnière torse, Joson trouva cette forme rare.

« Et moi, pour tes lèvres, je l'ai sculpté, ce gobelet, à la porte de ma tente, un jour d'automne qu'un mâle bramait d'ennui vers les échos de la montagne.

« Et vingt fois, je l'ai mis à tremper dans l'eau des framboisiers odorants ; et vingt fois, avec une corne luisante je l'ai poli, pour toi, comme l'ivoire. »

Et, durant ces versets qu'il s'était composés, il y avait, dans le visage du Lucon, je ne sais quoi de grave ; et ses yeux semblaient fixés sur des souvenirs. Mais les pensées d'amour frémissaient derrière ses paroles.

En un tournemain Marie fit disparaître le présent car les trois hommes entraient.

Leurs gestes étaient lents, pacifiés par le repos, le mystère et les étoiles de la nuit.

— Les soirées sont fraîches, dit Menaud.

Il invita ses hôtes à s'asseoir, puis, au violoneux :

— Le Lucon, dit-il, joue-moi les airs qu'aimait Joson.

Le jeune homme ajusta ses cordes, essaya de l'archet, parut se consulter lui-même quelques instants, puis une ! deux ! les pieds agiles se mirent à danser sur les notes de la mélodie.

Coudes aux genoux, et tenant sa pipe des deux mains, Menaud avait les yeux ouverts, en dedans de lui-même, sur l'image bien-aimée qui revivait en lui.

Jamais le ménétrier n'avait joué comme ce soir-là, ni le violon, si bien parlé !

De temps en temps, le musicien levait les yeux sur la belle, et l'archet repartait à voler d'une corde à l'autre.

Et Marie écoutait cette musique ; et, par la magie des sons, autour de son cœur aussi comme autour du gobelet d'amour, se nouaient des entrelacs de fleurs et de fruits.

Sa fugue jouée, le Lucon releva sa chevelure, puis il chargea sa pipe.

— Merci, lui dit Menaud. Ça fait du bien! Ça remonte.

Alors il se mit à lancer contre les siens tout ce qu'il avait amassé dans son vieux sac de colère:

« Tas de lâches! disait-il, qui, dans le péril commun, n'ont pas de cœur au-delà de leurs clôtures.

« Que tout s'en aille aux étrangers, la montagne, les champs, les bois… bah! qu'est-ce que cela leur fait à ces avares crispés chacun sur ses écus?

« Le passé? Ils accablent leurs morts de belles paroles pour n'avoir pas à les entendre. »

Puis il cita l'exemple du Délié et de ses pareils, « vils trafiquants du patrimoine! traîtres! renégats! »

Et tandis que revolaient les anathèmes au bout du poing fermé, Marie se rappela la scène des bleuets.

« De même, c'est bien vrai que les étrangers auront tout cela? » avait-elle dit au Délié en montrant la montagne.

Et lui, faisant signe que oui, s'était mis à rire de sa grosse risée de maquignon tricheur.

Il y eut un silence dans la pièce.

Toutes les têtes s'étaient courbées sous la vérité dure.

Menaud reprit:

« Être jaloux du sol tout entier, vibrer tous et chacun à pleins bords de pays, défendre le patrimoine de la première à la dernière motte, telle est la loi reçue, telle, la loi à transmettre!

« C'est ainsi que j'ai toujours compris le devoir du sang. »

Puis, se tournant vers sa fille:

« J'ai appris tes projets, dit-il; fais à ton gré.

« Mais quand j'ai perdu ta mère, vous me restiez, toi et Joson. J'avais pris mes alignements. Joson, lui, je m'étais dit qu'il suivrait mes traces.

« Je lui avais appris à aimer le sol tout entier, les champs, la montagne, les bois, oui, à tout aimer et dans toute l'étendue et jusque dans les profondeurs du pays. »

Des souffles frais entraient par la croisée ouverte, et les portières de catalognes ballaient dans le vent de nuit.

« Il y a quelque chose qui va mal dans le pays, reprit Menaud...

« Dans mon jeune temps, on vivait sans se tourmenter. À cette heure, on jongle dès qu'on est tout seul ou qu'on ne dort pas la nuit...

« Il y a des voix qui parlent partout... qui se lamentent comme des âmes en peine...

« Cette souffrance-là, j'avais habitué Joson à l'écouter. Et je me consolais en pensant qu'un jour, avec d'autres, il défendrait... »

Menaud fit un geste comme pour désigner une ligne, par delà les monts.

Il continua :

« Car, c'était une âme fière, une âme fière... Tu le sais, toi, le Lucon !

« Des fois, je me reproche de l'avoir entraîné là-bas... Mais j'avais mon dessein. Je voulais qu'il eût au fond du cœur la blessure du patrimoine rétréci et souillé !

« Je voulais que mon enfant eût la douleur de son pays.

« Mais le bon Dieu ne l'a pas voulu... »

Menaud fit une pause ; et le silence parut long, démesurément.

Il reprit :

« Tu me restais, toi, Marie, ma fille.

« J'avais fait d'autres plans pour l'avenir de ma maison...

« Car, tu le comprendras un jour, transmettre son nom, son sang, ce n'est pas cela qui contente le cœur ; mais, dans la chair qui vient de soi, sentir battre les mêmes amours, voir des pas devenir le prolongement de ses pas, voilà le désir qui fait vivre quand on regarde ses enfants. Né d'une race qui bataille ici depuis trois siècles, j'avais droit d'espérer que le pacte fait avec la terre de mes aïeux ne se briserait pas dans ma maison... »

Il hésita, puis debout :

« J'avais le droit de compter que la fille à Menaud ne trahirait pas en épousant un bâtard de déchu ! »

Chapitre VII

C'est la grande sécheresse.

Sous la chauffe implacable du soleil, dans les terres jaunes, les avoines ont pâli ; et, sans cesse, le vent du sud souffle, souffle, et dessèche comme une haleine embrasée ; et depuis des jours et des jours, c'est la même coulée de feu qui s'épanche de l'horizon.

Les buttes de Mainsal, fraîches hier et vertes, maintenant en poussière, fument au vent comme les dunes du désert.

Les ruisseaux à sec ne sont plus qu'un long alignement de vertèbres de pierres.

Tout est pâle, l'air est en feu, plein du grésillement des sauterelles en fête ; et, sous les aulnes, les troupeaux beuglent, cou tendu et bave filante, vers des mirages de source froide et claire ; et tout le pays dort, languide et consumé, sous la chape brûlante.

Inquiète, Marie regarde sécher le grain.

« Passé les récoltes, avait-elle dit au Délié, nous nous marierons. »

Sa besogne finie, quand vient l'heure du relâche, elle interroge la route, entre et sort ; et quand Baron jappe à quelque passant, vite, elle écarte les rideaux.

Mais ce n'est jamais lui...

Depuis longtemps, il n'est pas revenu. Il sait bien que Menaud, sur le seuil de la promise, fait bonne garde.

Seules les commères du voisinage viennent, entre deux repas, dire à Marie les allées et venues du prétendant.

Les jacasses vous ont alors un caquet! et toute la gamme des médisances y passe, entrecoupée par les formules qui sont de rigueur dans les bavardages de la contrée.

À les croire, le Délié faisait de la piaffe au milieu des jeunesses.

Il avait annoncé chez Dubleu que, l'heure venue, ni Menaud, ni Dieu, ni diable ne l'empêcheraient d'épouser Marie.

Il irait, l'un de ces beaux soirs, pour la grand'demande ; et malheur à qui le prendrait à contre-poil !

Toutes ces rumeurs annonçaient une chose terrible qui s'approchait comme un orage de feu vers le pays sec.

Et voilà pourquoi, quand vient le soir, Marie a l'oreille nerveuse. Au moindre bruit que mène le chemin, elle s'imagine qu'entre les fûts de bouleaux, c'est le violent qui va paraître pour rappeler la date d'échéance.

Et, dans le fond de son cœur, elle n'est rassurée que par la présence de son père qui protège son seuil.

Entre elle et lui, il est des liens dont elle a maintenant pris conscience.

Depuis la scène où le vieillard s'est dressé pour revendiquer son droit, elle a commencé de sentir que le sang a son passé ; qu'on a beau avoir, dans sa poitrine, son cœur à soi, et dans sa tête, son intelligence à soi, il y a quelque chose qui vient de plus loin que de sa propre chair.

Ainsi pense-t-elle profondément tout le long des veillées anxieuses, tandis qu'assise auprès de la lampe, elle crochète son beau tapis de laine.

Main dessus, main dessous, elle tire ses points ; et le jute disparaît comme la terre brune sous le crochet d'or du printemps tisseur.

Ainsi passent les soirs d'attente.

Tandis que les mouches dansent dans le vent de sécheresse, les laines poussent ; et gaiement, s'entremêlent les teintes que la belle apprêta dans l'écorce d'aulne, dans la fougère et le genévrier.

Et le tapis croît, gazon touffu ; et, parfois, l'ouvrière caresse ce qu'elle reproduit avec amour : les champs, au loin, le bandeau sombre des bois, puis le diadème de la montagne...

« L'escalier de la verte montagne », avait dit le Lucon, la montagne où, dans la chair des loupes, les chasseurs taillent des fruits et des cœurs entrelacés.

« Pour tes lèvres, je l'ai sculpté... »

Telles étaient bien ses paroles...

« Pour tes pas je le tisse », répond-elle tout bas en tirant ses laines.

Ainsi va le dialogue muet ; et, parfois, il se prolonge jusqu'à la nuit aride, la nuit de mauvais augure, sans étoiles ni rosée.

Août s'en allait de même, en poussière, lorsqu'un soir, Marie vit le Délié virer carrément à droite du chemin et gagner le bord de la maison.

En deux enjambées il fut là, dans l'embrasure de la porte, droit et sec ainsi qu'un créancier de fer au seuil de l'échéance.

Vite, la pauvre avait couru vers sa chambre; et, de son regard affolé, elle implorait les images saintes qui tournaient autour d'elle.

Menaud, lui, avait repris son masque dur et tous ses muscles s'étaient armés, comme au soir où prenant sa bougrine et le feutre sur les yeux, il était monté vers sa cabane des hauts.

Il invita néanmoins le Délié à s'asseoir.

Puis, le dardant d'un regard froid et rigide, il le laissa se débattre un peu dans le silence.

Menaud savait à quoi s'en tenir maintenant des dispositions de sa fille.

Le galant, lui, gigotait sur son siège, travaillant à s'arracher aux serres de ce regard.

À la fin :

— Est-ce qu'on peut voir Marie? demanda-t-il. Elle sortit de sa retraite.

Mais elle n'était plus maintenant la cueilleuse effrayée qui avait dû, dans la bleuetière, ravaler le cri du sang.

Non! mais elle se tenait droite et forte, le visage glacé, à pic, devant l'homme dont les regards s'agrif-faient à elle.

Il se tourna vers Menaud.

— On était convenu, Marie et moi, dit-il, de publier, passé les récoltes... Alors, j'ai profité d'un adon pour...

Le vieillard se leva, et le bras vers la porte :

— La fille à Menaud n'est pas pour toi, dit-il. Tu connais ton chemin. Va courir ta chance ailleurs...

Le jeune homme interrogea Marie du regard; et quand il eut compris qu'il était inutile de faire appel, pâle et tremblant de colère, il leva le poing vers Menaud :

— À demain! dit-il. Vous verrez s'il est bon de se mettre dans le chemin du Carcajou.

Puis il fit claquer la porte et déguerpit.

Marie s'était mise à pleurer. La nuit noire s'était peuplée tout à coup, pour elle, de haine et de menaces.

Menaud sortit pour éventer le bord que le gibier prendrait; mais il n'entendit que le vent sec qui fourrageait dans l'herbe raide, le même vent toujours, fiévreux et triste et plein de senteurs de feu.

Il rentra.

— Va te reposer, dit-il, avec tendresse, à sa fille; moi, je ne m'endors pas.

Puis il bourra sa pipe, prit un coup de thé, et s'installa, de garde, sur le palier du seuil.

C'était sa première bonne veillée depuis longtemps.

Sa maison lui demeurait fidèle, inébranlable sur les fondements qu'avaient posés les grands morts, « les plus humains d'entre les humains, ses pères… »

Parfois, au passage du vent par les croisées ouvertes et la porte béante, des bruits lui revenaient de l'intérieur: murmures, chuchotements, soupirs…

Alors sa pensée peuplait de formes étranges et remplissait de voix mystérieuses le silence de la vieille maison grise et tout le désert de la grande nuit.

Et le souvenir de la défunte qui s'était usée à la peine, le souvenir de Joson sombré là-bas avec toutes les promesses que donnaient sa fierté et son énergie, le souvenir de toute l'ascendance des ancêtres terriens ou voyageurs, tout cela revivait, faisait une sorte de palpitation au fond obscur de lui-même, un remuement mystérieux dans la racine de son être.

Mais parfois aussi passait une inquiétude vague héritée, elle aussi, des angoisses dont le sang s'était chargé au cours des siècles...

Et la parole du livre revenait comme une menace :

« Des étrangers sont venus ; ils ont pris presque tout le pouvoir ; ils ont acquis presque tout l'argent. »

Et parfois, dans l'ombre, il croyait revoir le Délié ténébreux, rôdant dans les sentiers de vengeance autour de sa maison.

Il s'était mis à rouler les grains de son chapelet, lorsque, levant la tête, il vit qu'au-dessus de lui, la nuit était couleur de brique.

Il bondit au bout de sa maison.

Une rougeur montait de Cachette-Aubin.

« Le feu ! » murmura-t-il.

Il piqua dans le chemin.

Il s'arrêtait aux maisons, criait le cri d'alarme, cherchait à rallier les hommes.

Bientôt, tout le rang de Mainsal fut debout, affolé, tandis que, dans l'aube rouge, fuyaient les corneilles pourpres.

Du pied des monts, de la concession des Caribous, arrivaient déjà, à plein chemin, les femmes, les vieillards, les enfants, pleurant tous, se recommandant à Dieu, au travers des effets entassés, pêle-mêle, dans les charrettes.

Les hommes, eux, Menaud en tête, s'étaient précipités vers le rang d'où descendaient les familles en déroute.

Le feu, disait-on, avait jailli soudain, vers les onze heures, en pleine brousse déserte ; puis, il avait atteint les vieux bûchés, les abatis, les foins secs, et déployé un front de deux ou trois milles de largeur en arrière des maisons.

Bientôt, les hommes purent voir, à droite du chemin, l'immense pan de la muraille rouge au pied de laquelle les derniers fuyards, nez au sol, chassaient leurs troupeaux beuglants.

Au lever du soleil, le vent donna répit. Les plus braves, Lucon en tête, profitèrent de l'accalmie pour abattre les pointes de bois au-dessus desquelles bourdonnait l'essaim rouge des étincelles.

Jusqu'à midi ce fut un travail d'enfer. Les yeux bouffis, la gorge aride, les hommes se démenaient entre deux vagues de fumée.

Alors, contre l'étouffement, ils s'écrasaient, au ras de terre, puis ho! ils repartaient à bûcher au milieu des flammèches.

Après avoir dévoré quelques maisons, et des cordes de bois par centaines, l'incendie faisait halte maintenant dans les contre-feux de bois vert qu'on venait d'abattre, tandis que toutes les femmes, les yeux au ciel, priaient devant les images pieuses suspendues ici et là comme des barrières de protection.

Vers le soir, le vent vira nordet et prit le bord des hauts. La pluie se mit à tomber.

Les maisons de Mainsal étaient sauves.

Cette nuit de malheur était belle, quand même.

De toutes parts, on était accouru pour voir la grande passion rouge, éblouissante, de la montagne.

Et les enfants battaient des mains devant les images fantastiques surgies du plein noir : abeilles ardentes, figures de flammes dansant avec les esprits du vent.

Maintenant que le fléau était écarté, béatement, les femmes regardaient cuire la montagne :

« Les beaux bleuets que nous aurons, disaient-elles. Ah ! les beaux bleuets ! »

Le reste de cette nuit-là, des hommes se postèrent le long du feu, pour empêcher qu'il ne fît écart.

Menaud, lui, s'était assis au pied d'une épinette, et personne ne l'eût distingué d'entre les racines.

Épuisé de fatigues, il allait s'endormir lorsque son chien se mit à aboyer devant une forme noire qui s'avançait.

— Nomme-toi ! dit Menaud.

— Le Délié, répondit l'homme.

Alors Menaud crut qu'il venait pour la revanche. Il aplomba son corps sur ses vieilles jambes ; et prêt à se défendre :

— Qu'est-ce que tu brettes par ici, lui demanda-t-il ?

— Je m'adonnais à passer… quand j'ai reconnu le jappement de Baron. Alors, comme j'avais un petit marché à faire avec vous…

L'homme hésitait prudemment sur ses paroles.

— Dis toujours ! fit Menaud.

Le Délié recommença son prône sur l'amitié qu'il avait pour Marie…

Et tout cela était bredouillé, entortillé de vantardises et de racontars de femmes.

Menaud s'était rassis parmi les vieilles racines de l'arbre.

Et, dans le vent roux, l'autre parlait.

Lentement alors, il découvrit son jeu.

Il aborda le sujet de la montagne et des lacs que les étrangers loueraient bientôt.

Tout le domaine que ses ancêtres avaient conquis, tout alors passa devant les yeux de Menaud, même les lieux, là-bas, au loin, où il n'était jamais allé, où il n'irait sans doute jamais, mais dont il s'était fait en lui-même une idée vibrante, chaude, une image où l'immense pays avait ses sourires, ses voix, ses chants d'amour et ses appels de détresse, tout comme un être de chair et de sang.

Il revit surtout ses lieux à lui: ses montagnes, ses eaux et, sous la paix innombrable des feuilles silencieuses, sa cabane où l'attendait, comme une épouse… la liberté.

Contre le traître qui, de gaieté de cœur, osait ainsi parler, le chien était là, nerfs tendus et crocs sortis. Menaud n'aurait eu qu'à le souquer.

Soudain, avec son effronterie d'âme vénale, le prétendant proposa le marché: Menaud consentirait à donner sa fille; en retour, il recevrait de lui, le Délié, la permission de caboter à sa guise dans ses vieilles chasses…

Menaud se leva tout grand debout:

— Va-t'en, cria-t-il, ou je lâche Baron contre toi. L'homme s'enfuit dans une rafale de fumée.

Menaud, s'étant rassis, se mit alors à souffrir dans tous les liens qui le rattachaient à tous les lieux de la montagne, profonds et sacrés comme le sanctuaire même de son pays.

Tout cela serait profané!

Il avait sauvé sa maison, grâce à Dieu! mais il se demandait maintenant quelles retailles d'héritage les traîtres laisseraient à ses descendants.

La passion qu'il endurait là!

Son cœur se débattait contre son impuissance et son isolement.

Parfois, du fond de ses entrailles montait un appel. Alors, dans son imagination tumultueuse, passaient des foules et des foules, et lui, avec elles, il montait à la défense du pays.

Le Délié, lui, s'était mis en chasse, affamé de vengeance, la gueule aride, les poings fiévreux, dans le demi-jour de sang.

Il cherchait son homme, s'arrêtait, écoutait ; puis, silencieux, coulant d'une maille d'ombre à l'autre, il se tapissait de nouveau, prêt à frapper.

Le Lucon, sans doute, avait suivi le feu jusqu'au bord de la grande rivière. Il devait être quelque part, tout près.

Déjà l'aube affluait.

La clarté commençait, marée lente et pâle, à inonder le sous-bois.

Ainsi l'heure passait du rival qu'il aurait voulu tenir là, sous le pilon de ses poings, lorsqu'il entendit... Cela venait à travers le bois : un froissis de feuilles, un craquement de branches, entrelacés de brins de chansons.

C'était le Lucon qui regagnait le groupe en bas, et le cœur et les lèvres lui bourdonnaient comme une guêpe dans la corolle d'une églantine.

Lorsqu'il le voit à portée, brusquement, le Délié :

— Ta chanson, dit-il, mes doigts vont te la serrer dans ta gorge.

L'autre s'écarte, puis :

— D'où viens-tu, toi ? Si tu veux que je te rince, tu n'as qu'à rester dans mon chemin...

— Cette face ! riposte le Délié. On t'apprendra, bel étourneau, à voler le nid des autres...

Alors il recule, prend son élan :

— Engoule-moi cela, hurle-t-il...

Puis, de toute sa pesanteur, avec ses deux poings tendus, il fond sur l'ennemi…

Le Lucon esquive; et vif, en plein front, vous étampe l'agresseur:

— Voilà pour les traîtres, crie-t-il. Cours maintenant vendre la montagne à l'étranger!

Ah! quel feu de rage le coup a fait jaillir!

De nouveau, le Délié prend son escousse, mais il rate encore son homme et, blasphémant, roule, les griffes terreuses et le museau vaseux, au fond des buis traînards.

— Tu fouilles, tu fouilles, sale groin de cochon! Viens que je te muselle.

Ainsi se démène le Lucon.

La tête enfoncée dans les épaules, haletant, pâle, et les couettes de sa chevelure vibrant comme un nid de couleuvres, il danse, il danse au milieu des aralies et des fougères.

Et c'est pour elle, pour elle, pour Marie, sa bien-aimée, qu'il mène le bal, les poings drus et les jarrets agiles, tout comme autrefois Alexis le Trotteur lorsque, pour la chape de ses fours, jambes nues et chantant, il pilait la glaise et les torchettes de paille.

Dieu! les voici maintenant corps à corps, semblables à deux chevrons qui s'arc-boutent quand charge la tempête d'automne.

Alors tout gémit sous le toit; et les hirondelles sont muettes et soucieuses, au fond des nids, sous les ravalements.

Ainsi, tout s'effraye, à la ronde, autour du grand combat.

Silencieux, les deux rivaux se tiennent agriffés l'un à l'autre, gueules sifflantes; et, sous leur peau rougie, roulent des muscles pareils à ceux des pins entre les rochers de la Gamelle noire.

Depuis longtemps, ils étaient ainsi, et les chairs du Délié commençaient à trembler et la bave coulait sur sa poitrine velue et le Lucon se piétait pour lui tourner les reins, lorsque le lâche s'arrache à l'étreinte, saisit une pierre... et, frappé en plein front, hélas! hélas! Alexis tombe dans les genévriers amers.

Tra la la! Tra la la!

Tandis que tout Mainsal est à la réjouissance, au guet du feu s'en viennent les filles.

Gaiement, gaiement, dans la prairie, marchent les filles sur les foins tondus.

Gaiement, dans le bois, marchent les filles, ici le long des sureaux rouges, là, parmi les amélanchiers noirs.

C'est l'aurore.

Là-bas, sur la montagne à Philémon, le feu s'apaise.

Et l'on entend les hommes crier hourra! aux épinettes qui croulent dans la rivière comme des épilobes sous la faux des javeleurs.

Vers eux s'en viennent les filles, Marie en tête. Allègre, elle porte à son père un plein panier de vivres.

Mais, pour Alexis, elle a réservé quelques bonnes rasades de son vin de cerise qui met la langue en fête.

Tra la la! Tra la la!

Ainsi troussées, s'en vont les filles, précieuses; et, comme en danse, le cortège fait des figures parmi les harts et les bouillées de plaines.

Et partout, dans les regains de la prairie, crépite le chœur immense des grillons.

Mais tandis que le Délié tire au large, voici qu'au bord du bois où passent les filles, parvient un gémissement.

Marie s'arrête.

Et le plaint revient encore.

Aussitôt le cœur lui fait mal. Elle s'élance, voit les ravages du combat, et une forme noire qui se débrage et gémit dans les genévriers amers.

— Bon Jésus! dit-elle. C'est lui! C'est lui! Mon doux! Mon doux!

Alors, dans ses mains tremblantes, elle presse la pauvre tête; et de son tablier elle essuie le sang et les chairs souillées.

— Vite! aux hommes, dit-elle à ses sœurs!

Et tandis que la troupe enjambe les broussailles pour chercher le secours, dans le gobelet de loupe, elle verse un peu de son vin sombre; puis, comme la Malhurée, parfois, au fond de la nuit noire, appelle son chasseur perdu:

« Alexis! Alexis! » crie-t-elle, sur les yeux fermés. Mais le malheureux se lamente, et son esprit délire.

Ainsi passèrent des nuits et des jours durant lesquels le pauvre fut chétif.

Toutes les femmes du voisinage lui apportaient leurs remèdes. Mais quand la main de Marie passait dans la chevelure du blessé, alors brillait le regard d'Alexis.

Mais, un beau matin, il se leva; et, le premier soir qu'il revint à la maison, il demeura longtemps avec Menaud. Et, par la croisée ouverte au vent neuf où ruisselait l'appel du large frais et bleu, Marie put comprendre que les deux hommes parlaient de liberté.

Chapitre VIII

L'automne est venu.

Une nuit, les étoiles ont été froides et claires.

Aussitôt, le long des ruisseaux et des friches, s'est ouverte la fête somptueuse par le spectacle des fougères d'or et des frimas d'argent.

Par les sentiers pierreux, à la suite des chars chargés de gerbes, descendent les soirs hâtifs.

Puis, brusquement, les paysages se ferment.

On dirait la règle austère d'un cloître silencieux.

Seul, au bord des marécages, le héron, gardien des clairières, sa chape baignée de silence et de brume, veille!

Menaud, tout le butin de son champ bien serré, passe maintenant une partie de ses jours dans sa cabane.

Il y monte dès que s'entrebâille la porte du matin.

Il en redescend quand l'œil n'a plus qu'un passage étroit entre les deux hautes murailles de l'ombre.

Mieux qu'à la maison, c'est là qu'il peut jongler à son aise.

Parfois, il grommelle dans le grand vent du Nord, tombeur de feuilles, assembleur de nues.

Ou bien il passe des heures à regarder les mêmes choses toujours, absorbé dans un échange, jouissant d'une intimité.

Il contemple la montagne qui est le diadème précieux de l'horizon, entre la plaine qui mue et le ciel qui roule, l'image de l'éternel, le bleu immobile qui sépare le double champ de l'éphémère.

Ce matin, il lui semble que tout le passé est là, dans ce cirque remué de pourpre et d'or.

Le décor a provoqué!

Un héraut invisible, dans tous les défilés de la montagne, a sonné du cor.

Alors, de tous les points, les preux sont accourus.

Ils répètent ce qu'a dit le livre, un soir du dernier printemps:

«Nous sommes venus il y a trois cents ans et nous sommes restés.

«Nous avions apporté d'outre-mer nos prières et nos chansons; elles sont toujours les mêmes. Nous avions apporté dans nos poitrines le cœur des hommes de notre pays, vaillant et vif, aussi prompt à la pitié qu'au rire, le cœur le plus humain de tous les cœurs humains, il n'a pas changé.

«Nous avons marqué un plan du continent nouveau, de Gaspé à Montréal, de Saint-Jean-d'Iberville à l'Ungava, en disant: ici, toutes les choses que nous avons apportées avec nous, notre culte, notre langue, nos vertus et jusqu'à nos faiblesses deviennent des choses sacrées, intangibles, et qui devront demeurer jusqu'à la fin.»

Ainsi passe la procession héroïque dans ce jour d'automne bariolé de sang, d'or et de fer.

De chaque motte de terre, de chaque sentier sourdent des voix; et, dans le vent d'énergie, Menaud croit entendre que ces voix appellent.

Aussi son âme, ce matin, est-elle comme la cuve de forge quand le forgeron y plonge son fer rouge. Les projets tumultueux y bouillonnent.

Il va, vient, autour de sa cabane, cherchant à libérer les désirs captifs qui le battent de leurs élans.

Il a repris son travail de la veille, ne trouvant d'autre réponse que celle-là.

Patiemment, suivant le rite hérité des ancêtres, il lace les nerfs de ses raquettes. Ainsi apaise-t-il sa tête peuplée d'idées en marche par des gestes d'artisan qui signifient volonté de conquête et passion de libre espace.

Il noue, il entrecroise.

Il célèbre, en fredonnant, ce lacis de nerfs et de force avec lequel ses pères ont battu les neiges qui depuis trois cents ans sont tombées du ciel, ce signe de leur victoire sur le champ rigoureux des hivers infinis !

Ainsi donc allait ce jour d'automne.

Là-bas, Josime entrait ses dernières gerbes.

Menaud, lui, toujours penché sur son travail, songeait : Joson, l'an passé, sur le vieux gabarit, avait plié, poli ces fûts de souple frêne.

Mais à jamais finies, maintenant, les libres courses qu'ils faisaient, eux deux, Joson devant, lui derrière ; finie, la piste de raquettes fleurie, historiée, pareille à des guirlandes de lumière jetées sur la neige des monts.

Sa cabane, là-bas, au pied de la Basilique !

C'est là qu'à cette époque, avant la chasse, il faisait sa purge de silence et de recueillement, et jonglait avec ses pensées profondes.

Dorénavant, elle lui serait interdite cette cabane, interdite, la montagne, de par la loi, la loi du pays de Québec qui permet à l'étranger de dire au fils du sol : « Va-t'en ! »

Il interrompit tout à coup ses gestes de laceur.

L'évocation de tant de choses l'avait mis hors de lui-même.

Face à la montagne devant laquelle, jusqu'à la grande rivière, là-bas, claquaient les étendards de l'automne, il se mit à jurer qu'on ne lui fermerait pas ce domaine, que, dût-il y laisser ses os, il irait en chasser les intrus.

Les siens avaient plié le cou.

Leurs protestations n'étaient pas allées au delà de leurs clôtures.

Mais lui, Menaud, il avait assez souffert sous le joug, assez entendu de reproches de son sang que, jamais, non jamais! il ne consentirait à se laisser dépouiller de l'héritage.

Le Lucon l'aiderait à cette tâche.

Alors, il se mit à jouir de sa décision. Et son esprit partit en course dans tous les sentiers de la forêt, multiple comme une meute sur des pistes de haut gibier.

Ce soir-là, Marie ne comprit rien aux allures de son père.

Il allait, venait, tortillait les pointes de ses moustaches, allumait, éteignait et rallumait aussitôt sa pipe et fredonnait entre-temps comme une jeunesse.

Josime vint faire son bout de veillée.

Il reprit son sujet de la veille : la récolte, les labours d'automne.

Menaud, pour la politesse, répondait oui, non, à ce qui lui barrait ainsi l'idée, à ces versets aussi lents que des chars chargés de gerbes.

Mais dès que Josime eut passé la porte, ce fut dans la tête à Menaud comme un torrent d'avril.

Il ouvrit son vieux coffre, se mit à fouiller, sa main faisant sonner toutes les ferrailles comme des chaînes que l'on secoue.

Il demanda à Marie ses paquets de fil de laiton, sa drogue à renards, s'entoura de tout ce drégail, tel un enfant de ses jouets.

Puis, il sortit.

Lune devant, défilait le grand arroi d'étoiles.

Dans les coupes, au loin, on entrevoyait de ces chemins clairs qui semblent des passes mystérieuses vers des pays sans fin.

Menaud regarda longtemps sa montagne, et son cœur se languissait en lui-même.

Ainsi passaient les jours.

À plein ciel, roule maintenant la sombre marée des nuées d'octobre.

Sous les pluies froides, les chemins ne sèchent plus.

Dans les pacages roux, les bêtes inquiètes flairent aux quatre coins du vent, ou meuglent vers les étables chaudes et l'odeur des tasseries.

Menaud et le Lucon, eux, les portes de la remise bien fermées, se sont mis à trimer parmi leurs agrès de chasse, cognant, rapiéçant, devisant entre deux pipes, tandis que Baron, les yeux sur le traîneau d'hiver, jappe vers la vision d'une enfilade sans fin de portages et de lacs enneigés.

Quant à Marie, elle vaque, comme d'habitude, du buffet à son poêle, de la dépense à la table, mais elle est triste et distraite.

Par moments, elle écarte les rideaux pour voir ce que brettent les hommes, ou bien, dans l'entrebâillement de sa porte, elle tend l'oreille aux éclats de voix.

Car son cœur est inquiet.

Elle a tout deviné du complot.

Le bail qui fermerait la montagne à tous les usagers de Mainsal devait être lu prochainement, à l'issue de la grand'messe, l'un de ces prochains dimanches.

C'est ce qu'on disait.

Mais son père avait juré sur ses morts que cela ne marcherait pas ainsi.

Tandis que le Délié faisait ses lois, Menaud avait soutenu qu'il avait pour lui des droits qui venaient de son père, et de bien loin, dans le passé. Ces droits-là, ni les lois, ni les papiers ne pourraient jamais les détruire.

Puis, après avoir traité le lâche de vendu, de couillon, il l'avait invité à venir, dans les hauts, se mettre dans son chemin.

Le Lucon avait pris fait et cause pour Menaud, et même, disait-on, avait promis au Délié que, s'il se pointait le museau dans la montagne, il aurait des comptes à régler.

L'incident avait fait son tour de paroisse; et Dieu sait si les commères avaient jaboté.

Elles étaient venues chez Marie colporter les propos du Délié, ses menaces...

Jusqu'à Joseph la Gueule, de Miscoutine, qui avait pris la peine, ces jours derniers, d'arrêter à la maison.

Lunettes au front, les yeux exorbitants, il avait fait défiler tout l'appareil des mots d'avocasserie, expliquant avec son gros doigt dans le creux de sa main comment vont les lois, les procédures, la prison...

Depuis, Marie ne vivait plus que de craintes et d'inquiétudes.

Elle aurait voulu, par mille prévenances, garder son père à la maison. Elle avait changé les rideaux, peinturé table et buffet, fait encadrer deux belles images qu'elle avait placées là, devant la chaise du vieux coureur de bois que la montagne avait ensorcelé.

Mais lui n'entrait que pour les repas, accrochait son feutre et se piquait dans son assiette.

Le soir, il rôdait d'une pièce à l'autre, comme une âme en peine, et quand il parlait, c'étaient des éruptions de violence, des mots de feu pour flétrir le clan des lâches. Puis, ses lourdes paupières rabattues sur les yeux, le vieillard rentrait en lui-même.

Des fois, il se levait la nuit, passait des heures à jargonner, comme s'il eût fait un complot avec les morts... les Anciens... Joson dont le nom revenait souvent...

Marie, de sa chambre, pouvait entrevoir le grand homme noir passer et repasser dans le velours sombre des fenêtres, ou bien, face au poêle, s'abîmer en lui-même, en tête-à-tête avec le grondement du feu.

Le Lucon venait de temps en temps. Sur le départ prochain, il faisait la carpe. Mais elle avait lu dans les yeux du jeune homme tout le secret de ses manigances avec son père.

Un soir, des voisins étaient venus dissuader Menaud de partir.

Ils avaient représenté qu'on ne s'obstine pas contre les lois.

L'un d'eux avait eu la visite d'un oncle du Saguenay. Les gens de Cyriac s'étaient débattus longtemps là-bas contre les ingénieurs, les compagnies. À la fin, l'eau du barrage s'était mise à monter, monter ; et comme tout calait : les prairies, les maisons, il avait bien fallu céder à cette marée criminelle sous peine d'être noyés comme des rats quand surviennent les coups d'eau.

À ce récit, le Lucon s'était levé en renversant sa chaise.

Jamais il n'était apparu aussi beau que ce soir-là. Jamais Marie ne l'avait tant aimé dans la profondeur de son sang.

Il avait parlé comme son père à elle.

Pâle, avec un grand souffle comme ceux qui se halent dans le vent mauvais, il avait défendu bien des choses qu'elle ne connaissait pas; mais une voix secrète, à l'intérieur d'elle-même, répondait: « Oui! Oui! »

Tout y avait passé dans le pays, et depuis le commencement; et cette parole rude et forte avait fouaillé deux heures de temps dans la fumée des pipes, comme le noroît quand il fouette les nuages et découvre la vraie face de la terre.

Dieu! qu'elle l'avait aimé, son Lucon, ce soir-là!

Plus encore qu'à l'heure du gobelet aux guirlandes de viorne, aux cœurs entrelacés...

Comme elle avait été fière de sa fierté! Quel autre langage que celui du Délié!

« Alors, les étrangers auront tout cela? » lui avait-elle demandé, en haut, dans la bleuetière...

Et le traître avait osé dire oui, en face du grand domaine des aïeux!

Mais voilà, maintenant, que tout cet amour se changeait en peine.

Cette générosité de cœur qui l'attirait de plus en plus emporterait demain, loin d'elle, ce Lucon libre et fier.

Il partirait avec Menaud dès la première bordée.

Le Délié partirait aussi... Que se passerait-il, dans la montagne, entre ces violents?

Alors, quelque part, dans le grand blanc sauvage sans mesure ni pitié, où le cœur devient farouche et cruel, elle prévoyait la rencontre... les haines exaspérées... les injures... et peut-être tout cela finirait-il par quelque malheureux gémissant et blessé comme celui qu'elle avait trouvé, après le feu, étendu dans les genévriers amers.

Et les prophéties de Joseph la Gueule planaient dans sa pensée. Elle revoyait les signes fatals qu'il avait tracés dans sa main. Elle entendait le sifflement des mots au vol noir qui tournoyent avant le malheur dans le cerveau des hommes.

Ce soir-là, à la brunante, elle dut héler son père pour le souper.

Entre deux cuillerées de soupe, Menaud annonça que, le lendemain, il irait à la Malbaie, et coucherait en route chez un vieil ami, le père Isaïe Gaudreault.

Il se hacha une bonne menotte de tabac, bourra sa vessie de cochon, et se mit, au feu de la lampe, à établir les crédits qu'il voulait réclamer : un porc vendu à Desbiens de la Comporté, cinq cordes de bouleau livrées à divers clients de l'Accul.

Il présenta le papier à Marie pour qu'elle repassât les additions.

Cela fait, elle enveloppa une pile de couvertures qu'elle avait tissées pour les Ferron.

Elle ouvrit la porte pour voir le temps. Une rafale y poussa comme une mousseline.

« V'là la neige ! » dit-elle, en fermant.

Elle sortit alors le capot d'étoffe grise, la ceinture, les mitaines carreautées de rouge et de noir, la crémone...

« Il va faire vilain », dit-elle.

Ensuite, elle regagna sa chambre, saisie par cette bourrasque froide qui l'avait frappée au visage comme la première annonce des peines qui l'attendaient.

Le lendemain, son père se leva au petit jour.

La lumière était grise. À peine pouvait-on distinguer les entourages.

Il neigeait.

Menaud sortit le berlot de la remise, attela ; puis, s'étant bien emmitouflé, dit bonjour à sa fille, et : « Marche donc, toé ! », son cheval décolla sous le claquement des cordeaux.

Durant quelques minutes, le gland d'une tuque sautilla comme un grelot rouge dans le blanc ; puis, à travers le tissu de la bordée, la voiture disparut.

Tout le long du jour, s'il en neigea des idées dans la tête de Marie !

Cela venait par essaims, de gauche, de droite, tournait, imitant le vol des flocons.

Dehors, la campagne était silencieuse et comme résignée.

De temps en temps, des enfants passaient, ramenant du pacage les taurailles au poil grichu.

La pauvre fille, elle, épiait la route.

Dès qu'une forme entrait dans le chemin, elle cherchait à la reconnaître, à travers la trame de la bordée dense.

Mais ce n'était jamais lui...

Et le soir tombait vite.

Le vent entrait en chasse. Déjà, la neige poudrait sur les tas de roches ; et, de toutes les branches, au bord du bois, s'envolaient comme de grands oiseaux effarouchés.

Depuis longtemps Marie regardait la tempête, dans ce rang perdu où la bourrasque s'amusait à tourmenter quelques pauvres maisons, lorsque soudain le cœur lui toque.

Le Lucon s'en venait. C'était bien lui cette fois.

Alors elle n'écoute que son désir ; elle sort :

« Je t'attendrai ce soir », lui crie-t-elle.

Puis, elle referme sa porte.

Et maintenant, hurle tempête ! Il faisait bon dans la maison grise.

Tout chantait : le feu, l'eau, la friture.

Elle se mit à faire un beau ménage, à ranger, nettoyer. Elle sortit du coffre sa plus belle laize de catalogne et le tapis crocheté.

Il lui revenait en tête des chansons oubliées depuis longtemps. Il lui passait des idées folles qui lui tricolaient dans tous les chemins du cerveau comme des jeunesses qui reviennent des noces, en ripompette.

Elle mit ses souliers fins, son beau tablier du dimanche tout brodé.

Puis, de temps en temps, la coquette, devant le miroir, elle faisait la merlette qui s'épivarde...

Tous ces apprêts finis, il fallut bien en rabattre un peu de cette joie de fille émoustillée.

À tout instant, la belle heurtait du regard contre les souvenirs de sa mère pieusement disposés çà et là.

Alors elle s'assit, toute figée, tandis que la bourrasque secouait la vieille maison, et que la poudrerie grêlait les vitres...

Ça me reproche ! pensa-t-elle... ça me reproche !

Quelqu'un frappa.

C'était lui !

— Je n'entre que pour allumer, dit-il ; ton père n'y est pas.

— Je t'ai fait venir, commença-t-elle...

Elle bredouillait, ne trouvant plus rien à dire... alors que tout, même le Lucon, semblait se lever contre elle, dans la maison austère et pieuse où des voix, comme des voix d'Église, conseillaient la patience, le pardon.

Le grand vent, lui, frappait, hurlait; et la nuit était démontée.

Alors elle se mit à parler de son père... déjà vieux... qui s'en irait là-bas... dans la montagne... affronter un homme capable de tout...

Elle avait bien assez donné à ce qu'ils appelaient, eux autres, l'héritage. Joson, mort comme un pauvre chien... dans l'eau glacée... sans les sacrements... c'était bien assez dur.

Et voilà que son père...

Elle se mit à pleurer tout haut, entre ses bras croisés, sur le dossier de sa chaise.

Le Lucon n'osait point la regarder.

Les coudes sur les genoux, tête basse, il s'était affalé dans l'encoignure.

Tout défilait devant lui maintenant : le bois sans fin... les grands plateaux secrets, sur les hauts... les lacs solitaires encavés comme des pensées tranquilles au milieu de la passion des montagnes.

Tout cela semblait vivre, palpiter comme son cœur à lui. Tout, même les misères, même la neige, tout suppliait :

« Tu ne nous abandonneras pas ! »

Tout s'agrippait à lui et murmurait :

« Depuis trois siècles... que nous avons confiance en ton sang ! »

— Il y a de la bonne terre ; ce serait plaisant de vivre icitte... tranquille... murmura la pauvre, entre deux sanglots.

Dehors la tempête faisait un ravaud de plus en plus terrible.

Elle alluma le cierge bénit.

Malgré lui, le Lucon levait la tête vers les murs à chaque coup de vent.

Un souvenir lui revint : l'année d'avant, c'était par un temps pareil que François s'était écarté dans le brûlé du Foulon. On l'avait trouvé, le surlendemain, gelé... raide mort... au pied d'un chicot !...

Et c'était cela que, lui, il défendait en ce moment : le bois qui tue les hommes, l'eau qui étrangle les draveurs.

Tandis qu'ici, — Marie avait raison, — sur le vieux bien... on mènerait comme Josime... comme bien d'autres... une vie calme.

Le climat était rude ; la terre, dure à cultiver à cause des cailloux ; mais quand on s'en donnait la peine, on récoltait du bien en masse... de quoi vivre à l'aise.

Alors, dans le tapis, là, sous ses yeux, il vit que la tisserande avait crocheté son rêve, le rêve qu'elle venait d'exprimer :

« Ce serait plaisant de vivre icitte... tranquille ! »

Et la parole de Marie tournait autour de son cœur comme une incantation d'amour.

Il se leva.

— Tu m'as mis tout à l'envers, dit-il simplement... Je ne peux te répondre comme cela, tout de suite. Abandonne de pleurer toujours ! Il y a une chose sûre, c'est que...

Il se pencha sur elle; et le grand mot qu'il n'osait dire, il le lui imprima sur le front, avec tendresse et pitié.

Dehors le vent commençait à tomber.

Tout le ciel était pareil à une belle glace vive où brillaient des cristaux d'étoiles claires.

Le Lucon s'en retournait, battant d'arrache-pied les neiges dont les chemins étaient déjà remplis.

Mais les paroles de Marie sonnaient encore, sonnaient autour de lui comme les grelots d'une cariole de noces:

«Ce serait plaisant de vivre icitte… tranquille!»

Avant de prendre la dépente de la côte, il s'arrêta pour regarder la lumière de la maison promise; mais une bourrasque venue de la montagne lui jeta au visage un air froid, comme un reproche.

En avant, la route était déserte. Tout le rang était noir.

«Vivre icitte tranquille»…

Il aurait voulu retourner pour dire à Marie les choses qui lui montaient à la gorge maintenant.

Il n'avait pas osé parler, à cause de l'amitié qu'il avait pour elle.

«Vivre icitte tranquille»…

Cette parole-là lui avait tourné la tête…

Mais… mais… il y en avait d'autres, des paroles, qui lui revenaient, à présent; c'étaient les paroles de Menaud, le soir de la veillée de drave: «Nous sommes des lâches! des lâches!»

Ce que Marie lui avait proposé, c'était la petite vie, étroite, resserrée, pareille à la vie des ours en hiver. Ils dorment, se lèchent la patte dans leurs trous.

Comme si l'on pouvait ainsi passer son règne, replié sur soi-même, et se laisser dépouiller sans se défendre.

Non! tel n'était pas le dessein de ses pères.

Dès la première heure, alors qu'ils n'étaient qu'une poignée, ils avaient marché, canoté, des mois et des mois, pour fixer des frontières.

Ils avaient légué un devoir à chacun de leurs fils: celui de conserver jalousement toute la terre qu'ils avaient héroïquement mesurée.

Ne défendre que son petit bien propre en deçà de ses clôtures, fermer l'œil sur tous les empiétements de l'étranger, c'était trahir, se condamner à n'être bientôt qu'un peuple d'esclaves.

Être libre, cela ne se bornait pas à dire: « Je fais à ma tête chez moi. Je suis roi et maître de quelques arpents de terre sous le soleil du bon Dieu. »

Non! Être libre, c'était, partout où l'on va dans le pays, sentir, sous ses pieds, le son de la terre répondre aux battements de son cœur, c'était entendre partout la voix du sol, des bois, des eaux dire:

« J'appartiens à ta race et je t'attends! »

Être libre, c'était goûter dans l'air ce qu'on goûte en mangeant le pain de son blé.

Être libre, c'était, en quelque endroit qu'on allât où les pères étaient allés, sur tous les visages, reconnaître quelque chose du visage des siens dans les mœurs, quelques traits de ses mœurs; c'était voir toute porte s'ouvrir, c'était entendre dans sa langue:

« Entrez! vous êtes chez vous! »

« Délivre la liberté captive en ton sang! » lui avaient dit les Anciens, la nuit de la débâcle dans la Noire.

Il comprenait maintenant tout le sens de ces paroles.

Vouloir d'abord se libérer, voilà quel était le commencement de la liberté !

« Je veux ! Je veux ! » dit Alexis.

Ainsi, dans la solitude du rang de Mainsal, marchait le jeune homme, grisé par ces mots-là, fier de lui-même, tandis que, par instants, la bourrasque levait au-dessus de lui comme de grands drapeaux sonores, piqués d'étoiles.

Le surlendemain, il donna un baiser à Marie qui pleurait.

Puis, avec Menaud, il prit le bord de la montagne pour défendre, contre le traître, les droits de la liberté.

Chapitre IX

Maintenant, partout, là-haut dans la montagne, du fond des coupes muettes, du bord des lacs tranquilles, monte, monte et se déplie, et telle qu'un voile de fées, se suspend aux ramilles la petite fumée bleuâtre des cabanes de chasse.

L'hiver est venu.

Durant des jours et des nuits, la montagne s'est comme enroulée dans les plis de la grande bordée.

Et depuis, brillante et neuve, elle fleurit le ciel de l'horizon.

Alors, toute la harde des chasseurs s'est levée; et, dès le petit jour, dans les sentiers de l'immense forêt, ohé! ils pistent et battent la neige glorieuse, tous, les tendeurs qui levraudent dans la sapinière, les piégeurs de fourrure, les tueurs de grande race qui relancent le caribou sur le pelé des monts et se barbouillent de sang dans l'hécatombe chaude.

Alors, sur les pages neuves de l'hiver, tous, ils écrivent comme dans le beau livre:

« Nous sommes venus il y a trois cents ans et nous sommes restés...

« Nous avons marqué un plan du continent nouveau, de Gaspé à Montréal, de Saint-Jean-d'Iberville à l'Ungava en disant: ici, toutes les choses que nous avons apportées avec nous, notre culte, notre langue, nos vertus et jusqu'à nos faiblesses deviennent des choses sacrées, intangibles et qui devront demeurer jusqu'à la fin. »

Menaud et le Lucon, eux, n'avaient point berlandé, marchant à longueur de jour, étirant la lumière jusqu'à la brunante, ne s'arrêtant que lorsque leurs pieds s'empêtraient dans les rets de l'ombre.

Puis, ils décollaient quand il faisait brun encore ; et ho ! eux devant, chiens derrière, ils enfilaient les passes sous les chapes sourdes des sapins affaissés ; ils traversaient les lacs où le vent, sur la glace bleue, pourchasse la neige en délire.

De temps en temps, le long des ruisseaux, Menaud s'arrêtait à ses pièges, regardait si quelque piste ne sortait pas du trou noir où l'eau gargote.

Alors, c'était invariablement partout la même réflexion :

« Les bois sont pauvres c't'année ; c'est terrible ! »

Il rallumait sa pipe ; puis, dans le silence claustral des pendants de montagnes, à travers tout ce peuple de sapins muets et prostrés sous la neige, les raquettes recommençaient à battre ; et cela faisait une sorte de pulsation de vie qui réjouissait le cœur de la terre profonde.

Les deux hommes parlaient peu, s'avançant, obliques et durs comme des proues, dans le noble ruissellement de l'air vierge... Menaud, lui, toujours en tête, fauchant large des deux bras, comme une jeunesse, les yeux vifs, émerveillés de mille choses qu'il ne se rappelait pas avoir jamais vues et qui lui apparaissaient comme miraculeusement belles maintenant qu'il était venu les défendre.

La brunante tombait lorsqu'au troisième jour l'équipage atteignit l'entrée du lac à Basile.

L'heure était bleue ; au-dessus des cimes, brillait encore le dôme du haut mont.

Menaud s'arrêta.

Les deux hommes se dépêtrèrent de leurs raquettes ; et, sur les bancs de neige dure qui sonnaient comme des violons, à pas drus et dansés, ils pointèrent vers leur cabane, tandis qu'autour les chiens jappaient dans la griserie du grand air sec et vif.

Depuis des jours et des jours, maintenant, que Menaud jonglait comme s'il eût été seul.

Le Lucon, lui, partait en courses dès le petit matin.

Il fouillait le pied des montagnes où le bois est fort, les buttes aux mille clochetons d'épinettes, les clairières où le noroît, rude bûcheron du Nord, fait ses chantiers de tempête, les pelés dont les caribous revêches au vent glacial piochent les lichens et les mousses, les coupes calmes, les platins.

Il longeait les criques, explorait les trous chauds, piégeait le vison, le renard, le pichou, guettait les loutres à la sortie des anses où elles chassent dans le maquis des herbages.

À l'heure du thé, le midi, il abattait un chicot sec, faisait son feu.

Puis, tournait autour l'ensemble des gestes rituels que les chasseurs accomplissent, de la même façon depuis des siècles, lentement, harmonieusement, dans le parfum des résines brûlées : les mains que l'on étend sur la chaudière ; dès les premiers bouillons de l'eau, les feuilles précieuses qu'on jette à la pincée ; et, pour finir, la motte de neige qu'on laisse choir pour apaiser l'âme du breuvage et faire caler les feuilles.

Assis à contre-feu, gravement, il prenait ensuite, à petites gorgées, son thé, comparable, dans le grand bois rigide, au rayon de soleil qui coule, en avril, le long des sèves engourdies.

Il allumait enfin sa pipe avec un brandon de son feu, et terminait toute cette alchimie par quelques instants donnés au songe, le même d'ordinaire, partout et toujours, depuis les Anciens, fait d'une pensée simple, ténue, semblable à cette dernière fumée qu'on voit s'élever d'une braise amortie et filer tout droit à travers les branches, jusqu'au fond de l'air tranquille.

Mais, ce jour-là, bien d'autres soucis l'obsédaient. Il faisait sa ronde avec une sensation de pieds lourds, de neige mal marchante, le cœur inquiet, la tête vide.

Non pas qu'il eût peur du Délié.

De lui, nulle trace encore.

Le lâche n'oserait pas, comme il s'en était vanté, venir les relancer dans leur domaine.

Non : mais la pensée de Menaud le poursuivait…

L'homme dont il avait eu peine à suivre, quelques jours auparavant, la montée joyeuse et précipitée ne parlait maintenant presque plus, cabane à cœur de jour, avec une peine qui semblait le ronger au-dedans, comme le ver qui gruge la chair obscure du bois.

La lune montait dans les aulnes lorsque le Lucon rentra de ce jour tourmenté.

Menaud lui demanda, à l'abord, s'il avait croisé des pistes.

Le Lucon ayant répondu qu'il n'y avait trace de personne, Menaud se replongea dans son coin.

Depuis des jours et des jours maintenant qu'il rengainait cette violence aiguisée de longue main contre le lâche et ses pareils !

Et personne ! jamais personne !

Il s'était fait une fête de partir. Il était monté à grand'hâte, tendu comme une outarde qui regagne le Nord avec du vent neuf plein ses ailes. Mais au lieu d'une sorte de place de guerre libre et joyeuse où il aurait voulu défendre sa montagne, hélas ! il n'avait trouvé qu'une cambuse funèbre où, dès la porte, tous les souvenirs de Joson lui avaient sauté à la gorge.

Il avait bien essayé de réagir ; mais inutile. L'obsession persistait, renouvelée à chacun de ses gestes par une ombre mystérieuse qui, partout, tout autour, semblait retracer les gestes de son enfant.

Encore, s'il avait pu, là, en plein air, accomplir le dessein dans lequel il était venu : rencontrer le traître, établir, une fois pour toutes, qu'il y a dans ce pays des droits que toutes les lois du monde ne peuvent abolir, venger, oui ! venger la terre, les sentiers libres, le passé, les grands morts...

Mais non ! Personne ne se montrait !

Il avait espéré que le Délié viendrait.

Il s'était représenté cent fois la scène : la sommation d'abord, ensuite, sa réponse droite et fière. Puis, la pourchasse de l'intrus jusqu'au bas de la montagne, quelque chose comme une débâcle de toutes les colères que le pays avait sur le cœur depuis les années de servitude.

Triomphant, il aurait ensuite regagné ses chasses, les sanctuaires profonds de son domaine, les aires étincelantes de ses lacs ; il aurait bu le coup de la liberté à même l'air frais et vierge des monts.

Le soir, il se serait enfin reposé en tête à tête avec ses morts consolés.

La nuit était venue. Le Lucon alluma la chandelle, sortit son violon, fit sauter quelques notes, et se mit à jouer ensuite une sorte de mélopée si triste que Menaud se leva ; et, comme pour s'évader de ce trou de souffrance, il sortit. Il regarda longtemps la nuit pâle partout jonchée de clairs de lune et de faïences bleues, et le lac qui ressemblait à une immense nappe de toile fine couverte de cristaux et d'étincellements.

Il referma brusquement la porte.

Cette fête-là n'était plus pour lui.

Il n'était qu'un intrus maintenant, un rôdeur sombre, furtif, le dépossédé, revenu, malgré les lois, s'emplir une dernière fois les yeux au bord de la fête interdite.

Le Lucon jouait en homme qui n'est plus maître de sa musique.

Il ressemblait à ces chicots de misère que le vent tourmente et fait pleurer.

Il était comme ivre, sans pensée distincte, en proie à une vague souffrance ; car son âme avait dépassé la mesure de tous les jours, et courait au-dessus des montagnes, des plaines, des eaux de l'immense pays.

Menaud s'était plongé dans l'ombre et jonglait.

Il revoyait tout, comme au milieu d'une place immense, dans l'éblouissement de midi, tout le trésor, toutes les parures de la grande terre, tout l'héritage opulent que ses pères avaient laissé.

Le violon s'arrêta soudain.

Le Lucon s'était appuyé au poteau de son lit. Ses cheveux, comme un flot de pensées tumultueuses, s'étaient répandus sur son visage.

Il reprit sa musique; et se sentant incapable d'exprimer par les mots l'angoisse qu'il éprouvait, il se mit à jouer, à chanter presque tout bas d'abord, puis avec une intensité croissante, une sorte d'incantation sauvage apprise d'un voyageur de l'Extrême-Nord.

Ah! yah! ah! yah! o-vo-ga! o-vo-ga!

Il ne connaissait pas le sens de ces mots barbares, mais pour lui cela voulait dire: «Je souffre de l'immense pitié de mon pays!»

Ah! yah! Ah! yah!

La nuit s'achevait lorsque le froid réveilla Menaud. Il regarda l'heure, et s'étonna d'avoir dormi.

La fenêtre ressemblait à une plaque d'argent et faisait un demi-jour pâle.

Il se leva sur le bout des pieds, entrebâilla sa porte pour voir le temps. Tout le ciel, entre les têtes des bouleaux, ressemblait à ces toiles d'araignée que la rosée emperle.

Il referma, fit une attisée, pria le bon Dieu.

Le Lucon dormait encore. Menaud lui remonta les couvertures sur les épaules, comme il faisait pour Joson, autrefois.

Point de tendresses qu'il n'eût au cœur pour lui maintenant.

Le Lucon, Marie, ces deux noms s'unissaient mystérieusement dans une vision de maison rajeunie, dressée comme une place forte sur le chemin des grands domaines...

Il se mit à fumer tandis que, sur les vitres, fusaient, à la chaleur, les papillons de givre.

Jamais Menaud n'avait trouvé le jour aussi lent à se lever. Car il y avait un projet qui lui était venu, une issue qui s'était ouverte comme ça, magiquement, dans le fouillis de ses misères, une idée qu'il avait hâte de montrer au grand jour.

Alors, tout le pays verrait bien que Menaud n'était pas mort dans sa ouache, que le vieil ours savait faire encore sa piste, une piste large, puissante, avec des trous de griffes qui percent la neige jusqu'au sol.

Tout le pays, les coupes, les lacs, les passes, les montagnes verraient qu'un grognement de Menaud pouvait encore faire lever tout le clan des chasseurs, depuis le plateau des Martres jusque là-bas, au loin, partout où des hommes libres, dans leurs vieilles cabanes d'héritage, avaient gardé vivant et clair le feu que les Anciens y avaient allumé.

Ah! yah! Ah! yah!

Il essaya de se rappeler la chanson sauvage de la veille.

Il se mit ensuite à ramasser ses nippes, sortit dehors, frotta au clair les lisses de sa traîne, puis wa! wa! comme un enfant, il se mit à battre ses mitaines l'une contre l'autre, tandis que ses chiens lui sautaient au cou, et prenaient des bauches folles dans les étangs roses que répandait partout la première coulée de soleil.

Quand il rentra, le Lucon était debout, l'air perdu dans cet aria de jappements et de chansons.

Menaud lui annonça, sans plus, qu'il partait pour les lacs de Périgny. Il rencontrerait là le vieux Mas qui chassait avec son fils, sur la tête des eaux, au delà de la ligne du Serpent.

Il ne tenait plus en place, étant sur les nerfs, comme on dit, poignant à droite, à gauche, dans ses hardes qu'il jetait, bout-ci, bout-là, dans un sac.

Il était insaisissable, debout, accroupi; et, comme un homme qui craint que le bon sens ne s'interpose, il parlait vite, dévidant toute l'enfilade de ses projets: course aux Martres, au Berly, à la Bergère, course aux étangs de la Noire par delà les Sables.

Puis, avant que le Lucon eût pu placer un mot, il harnacha ses chiens, descendit en deux foulées l'écore du lac, et disparut vers la coupe, celle qu'avaient suivie les Anciens dans leur migration vers le Royaume de Saguenay.

Maintenant, raquettes aux pieds, il reprenait enfin le sentier de sa jeunesse.

Sa fête était grande au milieu de tout ce cortège de souvenirs qui, dans les chemins de soleil, descendaient de partout, affluaient par mille avenues, à travers les colonnades et le décor fantastique de la coupe enneigée.

Il faisait de grands gestes, fredonnait des rengaines de l'ancien temps, s'arrêtait aux vieilles plaques, heureux de frapper, comme un pic d'avril, deux coups pour signifier sa présence de maître à la terre inquiète.

Puis, il repartait à grands pas, la tête haute, les pieds piqués dans ses brides de raquettes, tandis que, derrière lui, dévalait la lumière dans le canal des pistes conquérantes.

« Nous sommes venus ! et nous sommes restés ! »
Ces mots-là détendaient à chaque pas les ressorts de ses vieilles jambes.

« Nous sommes venus ! et nous sommes restés ! »

Il trouvait ces mots-là bons, inépuisablement bons, comme le glaçon de l'air vif dans sa gorge brûlante de batteur de neige !

Nous sommes restés ! Nous sommes restés !

Les étrangers, les traîtres le verraient bien, lorsque lui, Menaud, aurait soulevé, d'un bout à l'autre du pays, tout le clan des libres chasseurs.

Alors, alors, partout, à toutes les portes du domaine, il y aurait une garde tenace, infranchissable, qui, dès les premiers pas de l'intrus, signifierait qu'il valait mieux ne pas empiéter, car les sentinelles étaient debout dans tout le pays, maintenant !

Ah ! yah ! Ah ! yah !

Menaud marchait, marchait toujours, en tempête, escaladait les raidillons, s'agriffait aux branches, sans trêve, et tout son vieux corps invinciblement halé par une pensée impitoyable qui grimpait en avant de lui.

Depuis des heures et des heures maintenant qu'il fouillait dans cette misère !

Il s'arrêta.

Une fatigue soudaine lui avait frappé les reins. Tout le bois se remplit du bourdonnement que le sang lui faisait aux oreilles, s'embruma de cette vapeur qui sortait de sa poitrine velue.

Le jour baissait. Le vent s'était mis en chasse, là-haut, dans les cimes des hautes épinettes.

Menaud, inquiet, regarda la neige qui commençait à s'abattre autour de lui.

Il ralentit sa marche, se mit à faire une piste à mailles

drues, profondes et bientôt... à piétonner, comme disent les chasseurs en parlant du gibier exténué.

C'est qu'il avait tout un fourmillement de lueurs étranges, là, devant les yeux, le pauvre! Il ne trouvait plus ses plaques sous les longs appentis de neige branchue; il se sentait arrêté à chaque pas par la griffe raide de toute chose dans le bois hostile.

Il ôta ses raquettes, s'accota au tronc d'un arbre, presque anéanti, tandis que ses chiens léchaient, en guise de caresses, les glaçons de ses mitasses.

Il calcula qu'il devait être dans le dernier tirant de la longue montée. Après cela, il lui resterait juste une petite traverse pour atteindre les lacs de Périgny. Ses chiens feraient bien le reste ensuite...

La misère qu'il avait, bah! c'était une vieille connaissance. Les chasseurs l'avaient toujours eue dans leur sac!

Pour se faire illusion, il voulut fumer une pipe, mais... ses allumettes ne prenaient plus.

Alors, toutes ces histoires qu'on lui avait racontées tant de fois, de ces pauvres écartés, morts tout seuls, comme des chiens, dans les nuits de tempête, toutes passèrent dans le ciel brun de son esprit.

Le jour baissait. La barre du soir au bout de la coupe ressemblait à une mâchoire avec des crocs couleur de sang.

Le vent venu des hauts était mauvais de plus en plus.

Peut-être allait-il, lui, payer pour tous... souffrir pour toutes les trahisons!

Dans le passé, presque tout s'était fait au prix du sang.

Mais la génération d'aujourd'hui avait oublié ce prix humain de l'héritage... Elle l'avait laissé profaner comme une chose de peu.

« Des étrangers sont venus… » disait le livre. « Ils ont pris presque tout le pouvoir. Ils ont acquis presque tout l'argent. »

Peut-être l'heure expiatoire était-elle venue… la grande heure où quelqu'un dût mourir, sa face contre la terre offensée…

Menaud eut peur !

Il se mit à voir partout des signes étranges, prostrés, funèbres… des formes comme des formes humaines ensevelies sous l'immense linceul. Dans toutes les fosses noires où il enfonçait, il sentait des griffes, entendait des menaces…

Il ramassa ce qui lui restait de forces pour grimper le surplomb de neige au bord de la coupe… mais, épuisé, vaincu des pieds à la tête, il s'affaissa dans un trou, tandis que tous les démons de la tempête hurlaient au-dessus dans les renversis.

Alors, il fit signe à l'un de ses chiens d'aller au secours en bas.

La nuit noire était tombée.

D'immenses suaires s'abattaient en sifflant.

Ohé ! Ohé ! vous autres… les saints pitoyables qu'il avait toujours priés… les morts… la terre… le grand bois qu'il était venu défendre…

Ohé ! vous autres… les conquérants !

Sa voix râlante n'était plus maintenant qu'une petite chose perdue, blessée, bavolant de-ci, de-là, à travers les huées de la rafale.

Ohé ! Joson… Joson…

Mais bientôt, le râle ne déborda plus du trou de neige, tandis que les pieds de l'homme gelaient dans le linceul où il était entré debout !

Chapitre X

Personne n'eût dit qu'il était là!

Plongé dans le silence! Des jours et des jours à faire le héron!

Par intervalles, haut! le jeune homme donnait un coup sec, levait la perche... Une truite venait battre sur l'eau... tape! tape! troublait le mirage, brouillait la belle laize d'azur entre les deux bandes de l'ombre.

Le Lucon amenait la prise à son chaland, appâtait de nouveau.

Puis, les ombrages tranquilles se renouaient; les petits fils de l'eau recommençaient à pousser sur les branches, sur les corps-morts, comme des rubaniers d'argent; et le bel oiseau bleu du silence s'accouvait jusqu'au prochain poisson.

Depuis un mois, maintenant, qu'il faisait ce jeu-là, qu'il était devenu le compagnon des martins-pêcheurs, des grèbes et des grenouilles, le long des marécages, des bassins clairs, des étangs d'eau morte et que, muet et furtif, il se cachait dans les bois du Pied-des-Monts.

Proscrit!

Depuis le terrible jour où il avait dû ramener Menaud à demi mort pour le remettre entre les bras de Marie, il s'était vu comme emmaillé par les langues des commères. On avait dressé contre lui l'épouvantail des huissiers, de la prison…

Le Délié le pourchassait de sa haine implacable.

Sur les conseils de Marie, il avait regagné la grande forêt.

Et là, la rage au cœur, s'il avait pleuré!

Mais le printemps était venu.

Il s'était dit: «Je redescends! Ma place, c'est d'être en bas.»

Alors, un beau matin, emporté par un goût de bataille, un besoin de vie, et ses désirs d'amour, il était descendu dans les parages de Mainsal, pour guetter les événements.

Les braconniers l'avaient pris sous leur aile. Son titre de révolté lui avait donné un prestige mystérieux. On se rassemblait pour l'entendre parler du drame de Menaud.

Il racontait alors comment, vers les huit heures du soir, les chiens étaient venus au-devant de lui.

«Ça parle quasiment, les bêtes, dans ce temps-là», disait le Lucon.

Aussitôt, il avait pris sa course.

La tempête voulait tout débâtir.

Vers les dix heures, il avait trouvé le pauvre homme presque enseveli dans un trou de neige.

Ah! la nuit, la nuit de perdition qu'il avait passée là, à faire du feu, tandis que Menaud, les yeux tout éga-rouillés, le prenait pour Joson, ou bien se débrageait en criant:

«Des étrangers sont venus! Des étrangers sont venus!»

— On sait bien, disaient quelques-uns, la misère l'avait viré.

À l'issue du récit, chacun retournait chez soi, et toute la nuit, les paroles de Menaud rôdaient dans le sommeil du Pied-des-Monts.

Ce matin-là, le Lucon sortit de bonne heure, poussa son chaland vers sa place de pêche.

Le pays s'était d'abord enveloppé dans un cocon de brume ; mais, sur le haut du jour, les jeunes feuilles s'étaient mises à sortir de cette filoche, à briller au soleil, toutes tendres, luisantes, parfumées, tandis que, dans les passes d'air chaud et les senteurs de résine, les mouches enivrées dansaient follement.

Il piqua sa gaule d'attache au bord des joncs, s'installa pour faire ses additions de conscience, le feutre rabattu, les yeux posés sans regard comme un couple de macreuses sur la chaleur de l'eau.

Le jour était splendide : herbes, roseaux, feuilles, tout brillait ; grenouilles, têtards, fretin, tout exultait.

Tout... à part lui ! condamné à faire figure de vieux corps-mort au milieu de cette fête du printemps.

S'il souffrait !

Depuis cinq jours qu'il était sans nouvelles de Marie ; et les dernières ne l'avaient guère rassuré.

Il sortit la lettre, se mit à relire les passages où la fille parlait de son père à *demi infirme et passant des heures et des heures, les yeux fixés sur la montagne, à jargonner comme un homme qui n'a plus son génie.*

La veille, il s'était mis à crier : « Le Lucon ! Le Lucon ! » Il s'était tenu jusqu'à la nuit noire dans la fenêtre, à guetter la route.

Une troupe de canards s'abattit soudain et, gaiement, se mit à plonger, à zigailler l'eau ; les uns s'emperlant à même tous les bijoux de la mare étincelante, les autres n'en finissant plus de se lisser, de jouer du bec dans leurs plumes ébouriffées.

Puis, toute cette flottille heureuse partait à caboter le long des aulnes, revenait ensuite faire les plongeons et les saluts d'usage.

Le Lucon s'était blotti au fond des quenouilles, l'œil sur cette fête.

Il était loin de cette joie, lui!

L'amour de la liberté et des siens l'avait réduit à n'être plus qu'une bête de marécage.

Mais il en sortirait un jour… bientôt! bientôt!

La tête lui languissait dans ces idées-là, lorsqu'il vit que les canards s'étaient tous arrêtés, en alerte…

Tout à coup, la troupe se mit à taper de l'aile et s'envola en rasant les roseaux.

Quelqu'un venait sans doute!

Le Lucon, rentré dans ses quenouilles, écoutait comme si rien n'eût existé dans toute cette jungle que ce qui s'approchait de lui.

Soudain:

« Alexis! Alexis! »

Dieu! tout son sang lui monte à la tête.

Elle était là, derrière les aulnes, pâle, échevelée, pareille au spectre de la Malhurée dans les gorges de la Gamelle.

Le jeune homme se leva tout d'un coup, et vite, il fut près d'elle

— Marie! Marie! d'où vient…? d'où vient?

Mais elle, affaissée, ne pouvait répondre encore. Tant de choses tourbillonnaient tout autour… les fatigues, le chagrin, la peur…

Alors toutes les tendresses qu'on peut avoir pour un oiselet que le vent bourru déniche, le jeune homme les avait bien pour elle... et encore.

Il lui baisait les mains, lui caressait le front : « Pauvre petite ! » tandis qu'elle s'était mise à pleurer, et que des mots incompréhensibles bouffaient à travers ses sanglots.

Dieu ! il eût bien tout donné pour guérir cette peine !

Au milieu des roseaux la fille était debout. Qu'elle était belle, avec ses pommettes fiévreuses et ses yeux noirs brillant comme deux baies de camarine en pleine rosée d'aurore !

Alors elle dit :

« J'étais venue te chercher... Mon père te veut... Maintenant, laisse-moi partir seule... Il ne faut pas qu'on nous voie ensemble... »

Puis, sans rien ajouter, comme une perdrix qui se lève sous le pied du chasseur, elle s'échappa et disparut dans le détour des chenaux, vers le grand chemin.

Lui, de penser à ces mots : « J'étais venue te chercher », il était comme fou !

Il était devenu comme le centre d'une ronde ensorcelée. Les quenouilles, les herbes, les saules, tout cela lumineux, vivant, tournait autour de lui et criait : « Va-t'en ! tu n'es pas une bête de rouches ! Va-t'en ! toi, le piqueur d'embâcles, va-t'en ! toi, le batteur de montagnes... ! Reprends les vieux chemins de liberté et marche ! Avant partout ! »

Alors, le jeune homme partit à travers bois, et il allait, enjambant les rigoles, coupant les mailles d'eau, piquant au plus court, à travers les vasières, les ferdoches, les corps-morts.

Il ne sentait plus la griffe ni le croc de cette jungle.

Il traversa le rang des Caribous, en deux sauts atteignit la mare à Josime où le caliberdas des grenouilles s'arrêta sec, tandis qu'un héron s'enfuyait des clajeux en traînant ses béquilles.

Il entra dans les labours de Mainsal.

C'était l'heure où les fumées du soir s'élèvent droites comme les fleurs de l'épilobe.

Il obliqua vers les maisons. Il descendait les creux à la course, s'arrêtait sur chaque butte, le cœur lui débattant devant le spectacle de toutes ces terres qui, sorties de la morte saison, vivantes, ruisselantes, houlaient vers les monts bleus et les bois reverdis.

C'était cela qu'il venait défendre.

Avec tous les siens, oui, c'était cela qu'il venait défendre.

«Marche! Avant partout!», c'était bien ce que lui avait commandé le pays.

Déjà ce torrent de visions, d'amour et de paroles avait emporté le jeune homme au sommet de la butte, droit en arrière de la maison grise, et il allait prendre son dernier élan, lorsqu'il vit un attroupement de monde qui s'avançait dans le chemin.

Alors, pressentant un malheur, il se mit à courir vers le cortège au milieu duquel on voyait comme une sorte de grand oiseau noir qu'on eût traîné par les ailes.

En deux enjambées, le Lucon fut là.

Quelqu'un dit:

«C'est Menaud! Depuis deux ou trois jours qu'il déparlait. Il a profité d'une absence de Marie pour faire une escapade. On l'a trouvé près de la R'source. Il faisait peur aux enfants. Il épaulait sa béquille comme ça et criait:

«Regardez! ils vont venir!»

«Alors, on l'a ramené, le pauvre homme!»

Le Lucon s'ouvrit un chemin jusqu'à la chambre où les femmes s'empressaient autour du malheureux.

Lui, pâle, tout égarouillé, dès qu'il vit le jeune homme :

« Joson ! Joson ! » se mit-il à dire. Il riait, pleurait, battait des bras comme pour une étreinte.

Puis l'obsession revenait :

« Des étrangers sont venus ! Des étrangers sont venus ! » criait-il.

« Joson, Alexis ! La montagne en est pleine ! Tout le pays en est plein ! Ohé ! les gars, un coup de cœur ! Nous sommes d'une race qui ne sait pas mourir. »

Le jeune homme assistait, muet et accablé, à cette scène.

C'était le fond de son cœur qu'au milieu des réflexions naïves, des histoires et des pitiés banales, le vieux draveur découvrait à nu ! C'étaient ses pensées, ses angoisses, ce qui l'avait fait vivre, souffrir, ce qui l'avait poussé à chasser le traître loin de sa maison, à battre le ban pour soulever les siens contre les empiétements de l'étranger, c'était la passion qui l'avait emporté vers le clan des libres chasseurs et que la tempête et la nuit avaient vaincue !

Le Lucon brûlait de crier à tout ce train de soigneuses et de curieux :

« Allez-vous-en ; vous ne comprenez rien. Vous ne savez point ce qu'il y a au fond de ce délire. » Il demanda :

« Où est Marie ? »

Alors, sans s'occuper des commères, et parce que c'était à lui que l'appel de Menaud demandait réponse, il se précipita dans la chambre où la jeune fille s'était enfermée.

Dès qu'elle le vit, entre deux sanglots :

« Je n'ai plus que toi… » dit-elle.

Le Lucon avait baissé la tête.

Entre cette fille et lui, s'interposait le souvenir des paroles du dernier soir avant le départ pour la montagne.

Alors, quand tout le patrimoine menacé s'était agrippé à lui, suppliant : « Tu ne nous abandonneras pas ! » Marie avait opposé son rêve à elle, son idéal de vie enclavée, pareille à celle de ces égoïstes qui n'avaient rien voulu entendre au delà de leurs clôtures.

« Il y a de la bonne terre, avait-elle dit ; ce serait plaisant de vivre icitte tranquille ! »

Sans trop le vouloir, le Lucon avait prononcé ces derniers mots à haute voix.

La jeune fille se figea, silencieuse.

On entendait Menaud battre de ses appels le grand désert de sa folie.

« Vivre icitte tranquille… vivre icitte tranquille, ce serait plaisant, murmura-t-elle… oui ! mais… il faut penser à tout le pays, aussi… Alors, si tu as de l'amitié pour moi, tu continueras comme Joson, comme mon père ! »

Puis, toute dans le refuge des bras qu'il ouvrait, longtemps elle pleura contre son visage.

Dehors, les hommes fumaient, sans rien dire.

Le soir était tiède et, sur l'eau des mares et des rigoles, bouillonnait la clameur des grenouilles.

De temps en temps, par les fenêtres ouvertes, débordait le cri d'angoisse de Menaud :

« Des étrangers sont venus ! Des étrangers sont venus ! »

Alors, au milieu des hommes qui se passaient la main sur le front contre le frôlement de cette démence, lentement le vieil ami de la terre, Josime, prononça :

« C'est pas une folie comme une autre ! Ça me dit, à moi, que c'est un avertissement. »

Charlevoix, 1937.

Les noms géographiques

Le pays de Menaud est situé au nord-ouest de La Malbaie.

Il comprend, dans la paroisse de Sainte-Agnès, les rangs de Mainsal, de Cachette-Aubin, de Miscoutine, des Frênes et des Caribous ; le Grand-Lac, le Petit-Lac, la mare à Josime ; les montagnes à Philémon, du Friche et de la R'source, etc.

Une région forestière s'étend de la paroisse de Sainte-Agnès jusqu'au delà de la ligne du Serpent qui limite au nord le comté de Charlevoix.

On y trouve les Eaux-Mortes de la rivière Malbaie ; les montagnes de l'Éboulée, des Érables, des Farouches, de la Basilique ; les décharges des Martres, du Foulon, de la Noire ; les lacs Basile, de Périgny, des Berly, de la Bergère, de la Pointe-à-Jérôme.

Sont situés au nord de Clermont : la rivière Sinigolle, la chute de la Gamelle, la montagne de la Chaîne, les marais de Prêles.

La Comporté et l'Accul sont des faubourgs de La Malbaie.

Glossaire
Mots anciens et régionalismes[*]

abatis (n. m.) : terrain déboisé mais pas entièrement essou-
ché, dont on n'a pas encore remué le sol pour le préparer
à la culture.

accouver (s') : se poser doucement (comme la poule ou
l'oiseau qui couve).

agriffer (s') : s'accrocher, s'agripper.

alarguer : prendre le large ; se mettre en route.

bauche (n. f.), **baucher** : course rapide ; courir, lutter de
vitesse.

bavoler : voltiger.

berlander : tergiverser, hésiter à prendre un parti ; fainéan-
ter, flâner.

berlot (n. m.) : voiture d'hiver, à un ou deux sièges, faite
d'une caisse rectangulaire posée sur des patins bas et
utilisée pour le transport des voyageurs et des mar-
chandises.

bougon (n. m.) : bâton court ; bout (de chandelle).

---

[*] Les définitions sont pour la plupart tirées du *Dictionnaire
Bélisle de la langue française au Canada*, compilé par Louis-
Alexandre Bélisle (Montréal, Société des Éditions Leland, 1958).

bougrine (n. f.) : pardessus, vareuse.

bouillée (n. f.) : touffe d'arbres.

broqueter : manier la paille ou le foin avec une fourche (ou broc).

brouillas (n. m.), **brouillasse** (n. f.) : brouillard qui tombe en une pluie très fine.

burgau (n. m.) : sorte de trompe, cornet d'écorce dont on se sert pour appeler le gros gibier.

caliberdas (n. m.) : bruit, tapage.

cavée (n. f.) : chemin creux ; petit ravin.

clajeux (n. m.) : iris des marais.

corps-mort (n. m.) : tronc d'arbre abattu et attaqué par la décomposition.

cran (n. m.) : rocher nu à fleur de terre ; falaise.

débrager (se) : s'agiter, remuer, gigoter.

drave (n. f.), **draveur** (n. m.) : flottage, transport du bois sur les lacs et les rivières (de l'anglais *drive*) ; ouvrier qui prépare et conduit les trains de bois flottés.

drégail (n. m.) ou **drigaille** (n. f.) : effets divers, attirail.

écore (n. f.) ou **accore** (n. m.) : rive escarpée d'un cours d'eau.

effieller (s') : s'échiner au travail.

engouler : saisir à pleine gueule ; engloutir.

ferdoches (n. f. pl.) ou **fardoches** (n. f. pl.) : broussailles, végétation touffue dans un terrain défriché ou le sous-bois d'une forêt.

fringuer : sautiller en dansant.

gaffer, gaffeur (n. m.) : accrocher avec une gaffe ; draveur maniant une gaffe.

gatte (n. f.) : enfoncement dans le sol où les eaux bourbeuses s'amassent ; ornière profonde.

gausserie (n. f.) : moquerie, taquinerie.

glane (faire la) (n. f.) : effectuer le nettoyage d'une rivière des billes qui descendent les dernières pendant le flottage.

guette (n. f.) : abri pour guetter le gibier.

hart rouge (n. f.) : variété de cornouiller.

levrauder : chasser le lièvre (levraut) ; poursuivre quelqu'un comme un lièvre.

marchette (n. f.) : marche ou pédale d'un métier à tisser.

mascot (n. m.) ou **mascou** (n. m.) : sorbier d'Amérique, aussi appelé cormier.

matinée (n. f.) : blouse légère de femme.

mitasse (n. f.) : guêtre de feutre, de cuir ou de peau de chevreuil ; chaussure de feutre pour les grands froids.

ouache (n. f.) : gîte, terrier d'un animal ; endroit où l'on se cache.

pelé (n. m.) ou **pelée** (n. f.) : terrain sans arbres ni verdure ; brûlis.

pendant (n. m.) : versant, pente d'un coteau.

piaffe (n. f.) : fanfaronnade ; manières par lesquelles on cherche à attirer l'attention sur soi.

pichou (n. m.) : nom amérindien du lynx.

piron (n. m.) : jeune canard.

plaine (n. f.) ou **plane** (n. f.) : espèce d'érable.

plaint (n. m.) : plainte, lamentation.

platin (n. m.) : terrain plat et bas, baissière.

renversis (n. m.) : partie de forêt dont les arbres ont été renversés par un vent violent.

ripompette (en) (n. f.) : légèrement ivre, pompette.

ros (n. m.) : peigne dont est pourvu le métier à tisser.

rouche (n. f.) : roseau, jonc, herbe de marais ; mauvaise herbe qui croît dans les champs.

tasserie (n. f.) : endroit d'une grange où l'on tasse le foin, les grains non battus, la paille.

tauraille (n. f.) : jeune bovin.

tricoler : marcher, évoluer en zigzag ; tituber.

trigauder : zigzaguer ; user de détours, de mauvaises finesses ; taquiner.

veillotte (n. f.) : tas de foin, de grains coupés et séchés.

zigailler : couper de travers, en tous sens.

Bibliographie

Œuvres

Menaud, maître-draveur, Montréal, Fides, coll. « du Nénuphar », 1944.

L'Abatis, préface de Luc Lacourcière, Montréal, Fides, coll. « du Nénuphar », 1960.

La Minuit, Montréal, Fides, coll. « du Nénuphar », 1949.

Le Barachois, préface de Benoît Lacroix, Montréal, Fides, coll. « du Nénuphar », 1963.

Martin et le Pauvre, Montréal/Paris, Fides, 1959.

La Dalle-des-Morts, suivi de *La Folle,* préface de Jean Du Berger, Montréal, Fides, coll. « du Nénuphar », 1969.

Le Bouscueil. Poèmes et proses, Montréal, Fides, 1972.

Journal et Souvenirs I (1961-1962), Montréal/Ottawa, Fides/ Université d'Ottawa, coll. « Cahiers du Centre », 1973.

Journal et Souvenirs II (1963-1964), Montréal, Fides, 1975.

Carnet du soir intérieur I, Montréal, Fides, 1978.

Carnet du soir intérieur II, Montréal, Fides, 1979.

Traductions anglaises

Boss of the River. Foreword by Allan Sullivan, Toronto, The Ryerson Press, 1947.

Master of the River. Translated by Richard Howard, Montréal, Harvest House, 1976.

Études

Blais, Jacques (dir.), *Analyse génétique d'un épisode de* Menaud, maître-draveur : *La mort de Joson,* Québec, Nuit blanche éditeur, coll. « Séminaire », 1990, 69[2] p.

—, *Le dossier épistolaire de* Menaud, maître-draveur, *1937-1938,* Québec, Nuit blanche éditeur, coll. « Séminaire », 1990, 58[1] p.

Boivin, Aurélien, « *Menaud, maître-draveur* ou l'appel du pays », dans *Pour une lecture du roman québécois. De* Maria Chapdelaine *à* Volkswagen blues, Québec, Nuit blanche éditeur, 1996, p. 39-67.

Grandpré, Pierre de (dir.), *Histoire de la littérature française du Québec,* t. II : *1900-1945,* Montréal, Librairie Beauchemin limitée, 1968, p. 273-280.

Hamel, Réginald, John Hare et Paul Wyczynski, *Dictionnaire pratique des auteurs québécois,* Montréal, Fides, 1976, p. 622-624.

—, *Dictionnaire des auteurs de langue française en Amérique du Nord,* Montréal, Fides, 1989, p. 1222-1225.

Major, André, *Félix-Antoine Savard,* Montréal/Paris, Fides, coll. « Écrivains canadiens d'aujourd'hui, n° 6 », 1968, 190 p. [Bibliographie, p. 185-188]

Ricard, François, *L'art de Félix-Antoine Savard dans* Menaud, maître-draveur, Montréal, Fides, coll. « Études littéraires », 1972, 142 p. [Bibliographie, p. 135-140]

—, « *Menaud, maître-draveur,* roman de l'abbé Félix-Antoine Savard », dans Maurice Lemire (dir.), avec la collaboration de Gilles Dorion et Alonzo Le Blanc, *Dictionnaire des œuvres littéraires du Québec,* t. II : *1900-1939,* Montréal, Fides, 1980, p. 691-700.

Robidoux, Réjean et André Brochu, *Le roman canadien du vingtième siècle*, Ottawa, Éditions de l'Université d'Ottawa, 1966, p. 33-43.

[En collaboration], « Histoire de Menaud », *Revue d'histoire littéraire du Québec et du Canada français*, n° 13, hiver-printemps 1987, p. 11-136. [Textes de Pierre Hébert, Pierre-H. Lemieux, Claude Filteau, Marie-Andrée Beaudet, Clément Moisan, André Brochu, Jacqueline Gourdeau, Ruggero Campagnoli, Jean-Marcel Paquette, Thomas Lavoie et Larry Shouldice]

—, « L'éveil culturel de l'entre-deux-guerres », *Cap-aux-diamants*, vol. 3, n° 4, hiver 1980, p. 33-56. [Textes d'Aurélien Boivin, Kenneth Landry, André Gaulin, Iolande Cadrin-Rossignol, Marîse Thivierge, Cyril Simard, entrevues avec le père Paul-Aimé Martin et Marc Gagné]

Aurélien Boivin

BF BIBLIO · **FIDES**

Table des matières

Achevé d'imprimer en avril 2014
sur les presses de l'Imprimerie Gauvin